VERLAG

D1734784

Mariella Hofman

Liebe ist ansteckend

VERLAG

Die Deutsche Bibliothek – CIP-Einheitsaufnahme

Hofman, Mariella:
St. Angela : [TV-Roman; der offizielle Roman zur Serie] / Mariella
Hofman. – Stuttgart : Dino Verl.

   Bd. 2. Liebe ist ansteckend. - 1999
   ISBN 3-89748-108-1

Beim Dino Verlag ist bereits erschienen:
Band 1 „Lehrjahre" von Mariella Hofman

Dieses Buch wurde auf chlorfreiem,
umweltfreundlich hergestelltem
Papier gedruckt.

Es entspricht den neuen Rechtschreibregeln.

© 1999 by Dino Verlag GmbH,
Rotebühlstraße 87, 70178 Stuttgart
Alle Rechte vorbehalten
Das Buch wurde auf Grundlage der Serie
„St. Angela" verfasst.
© 1999 ARD Werbung
Lizenz durch DEGETO FILM GMBH
Umschlaggestaltung: tab werbung GmbH, Stuttgart
Titelfoto: Boris Laewen
Satz: Druck Digital! Fleischhauer GmbH, Stuttgart
Druck: Elsnerdruck, Berlin
ISBN: 3-89748-108-1

1

„Ich geh' wieder nach Haus", jammerte Erik bleich und machte auf dem Absatz kehrt. Aber seine drei Freunde, die Schwesternschülerinnen Isabelle und Michaela und der Krankenpflegeschüler Nils, kannten keine Gnade und schoben ihn unerbittlich durch die Stationstür in den Gang des Hamburger Krankenhauses St. Angela.

Eriks Angst hatte einen handfesten Grund. Denn für heute hatte die strenge Oberschwester Irene praktische und schriftliche Prüfungen festgesetzt.

„Ich hab' die ganze Nacht nicht gepennt!", versuchte sich Erik dem Griff seiner Freunde zu entwinden. Isabelle nickte mit hochgezogenen Augenbrauen. Davon konnte sie allerdings ein Lied singen. Erik hatte sich mitten in der Nacht zu ihr ans Bett gesetzt, um mit ihr ein paar knifflige Probleme aus dem Lehrbuch durchzugehen. Sie hatte ihn schließlich hochkant aus dem Zimmer geworfen.

Erik war vor ein paar Wochen zu Isabelle in die WG gezogen. Die beiden bewohnten eine wunderschöne, geräumige Altbauwohnung im vierten Stock.

Erik stellte Isabelles Geduld allerdings manchmal auf eine harte Probe, vor allem, wenn es ums Putzen oder Aufräumen ging. Anfangs hatte Isabelle sogar versucht, Erik zum pünktlichen Aufstehen zu bewegen, damit er von Oberschwester Irene nicht jeden Morgen einen Anpfiff bekam. Aber nach ein paar Versuchen musste sie einsehen, dass Erik ein hoffnungsloser Fall war.

„Gestern Abend hast du mir doch noch alles erklärt!", versuchte Nils seinen Freund zu beruhigen, der wie ein Häuflein Elend an seinem Arm hing. „Ja, das Praktische!", gab Erik angstvoll zurück. „Aber die Theorie geht nicht in meinen Kopf."

Erik und Nils hätten nicht unterschiedlicher sein können: Während man bei Erik nie wusste, welche verrückte Idee er gerade wieder ausbrütete, konnte man sich auf den dreiundzwanzigjährigen Nils hundertprozentig verlassen. Trotzdem waren die beiden dicke Freunde. Erik war auch der einzige, der in Nils' Geheimnis eingeweiht war. Er war in die hübsche Isabelle verliebt. Leider war er bei ihr bisher immer auf Granit gestoßen.

„Was soll *ich* denn sagen?", schaltete Michaela sich ein. „Die Oberschwester hat mir Ekel-Möller für die praktische Prüfung zugeteilt." Isabelle warf ihr einen mitfühlenden Blick zu. Das war allerdings hart. Seit der dreißigjährige Herr Möller nach seiner Blinddarmoperation aus der Narkose aufgewacht war, stieg er den Schwestern hinterher, grabschte sie an und machte schmierige Bemerkungen. Isabelle hätte mit der Freundin nicht tauschen wollen.

Jetzt war es für Erik zu spät umzukehren, denn Oberschwester Irene hatte ihn bereits erspäht. „Erik, bitte holen Sie den Belegplan der Station aus meinem Ordner im Stationszimmer und bringen Sie ihn zur Verwaltung. Nils, Sie sind gleich als Erster dran." Damit wandte die Oberschwester sich wieder dem Telefonat zu, das sie gerade führte.

Erik nickte ergeben und schlich ins Stationszimmer. Zu seinem Entsetzen würde die Oberschwester tatsächlich sofort mit den Prüfungen loslegen. Und nach Nils war er an der Reihe.

Als Erik den Ordner öffnete und die Pläne herauszog, traute er zuerst seinen Augen nicht. Doch dann fuhr ein breites Grinsen über sein Gesicht. Die Oberschwester hatte in dem Ordner die Fragen für die schriftliche Prüfung, die am Nachmittag stattfinden sollte, abgelegt! Sofort griff er die drei Blätter aus dem Ordner und versteckte sie unter den Belegplänen – keine Sekunde zu früh, denn eben öffnete Oberschwester Irene die Tür und fragte ärgerlich, wo Erik mit den Unterlagen für die Verwaltung blieb. „Bin schon unterwegs!", strahlte Erik sie an und zischte los.

Im Fahrstuhl traf er mit Nils zusammen, der auf dem Weg zur praktischen Prüfung auf Zimmer 403 war. „Mach' langsam bei deinem Patienten!", flüsterte Erik ihm verschwörerisch zu. „Ich brauche Zeit, die Fragen der Theorieprüfung zu kopieren." Siegessicher wedelte

er mit den drei zusammengehefteten Blättern vor Nils'
Nase herum. Dann ließ er sie wieder in seiner Jacke verschwinden.

„Und ich krieg' eine miese Note, weil ich so langsam
bin", wehrte Nils ab. Auf krumme Dinger hatte er wirklich keine Lust. Doch so schnell gab Erik nicht auf. „Als
Belohnung kopiere ich sie für dich mit." „Brauch' ich
nicht", gab Nils unfreundlich zurück. „Ich hab' gelernt."
Jetzt griff Erik ganz tief in seine Trickkiste. „Ich dachte,
wir sind Freunde!", schmeichelte er . „Na ja, mal sehen",
murrte Nils unbestimmt. Da hielt der Aufzug und Nils
verschwand auf dem Krankenzimmer, wo die Oberschwester ihn schon erwartete.

Nachdem Erik den Belegplan in die Verwaltung gebracht hatte, beeilte er sich, wieder aufs Stationszimmer
zu kommen, wo der Kopierer stand. Er hatte gerade erst
die Heftklammer aus den Blättern gelöst und war dabei,
die erste Seite zu kopieren, da kam Oberschwester Irene
mit Nils von der Prüfung zurück. Hektisch sprang Erik
vor den Kopierer, damit die Oberschwester nicht bemerkte, womit er gerade beschäftigt war. „Ich kopiere
Patientenakten", log er. Oberschwester Irene nickte
anerkennend. „Kommen Sie dann bitte gleich zu Herrn
Matthiesen aufs Zimmer."

„Bist du bescheuert, bei der Prüfung so Gas zu ge-
ben?", pflaumte Erik Nils an, als die Oberschwester das
Stationszimmer verlassen hatte. Entschlossen drückte er
Nils die Bögen in die Hände. „Kopieren, klammern, zu-

rücklegen." Ehe Nils etwas einwenden konnte, war Erik schon aus dem Zimmer und lief Oberschwester Irene hinterher.

Nils starrte unentschlossen auf die Bögen in seiner Hand. Da hatte Erik ihn ja in eine schöne Situation gebracht! Nils mochte die krumme Tour überhaupt nicht. Aber wenn er Erik jetzt hängen ließ, dann würde er mit Sicherheit auffliegen! Nils seufzte und legte die zweite Seite auf den Kopierer.

Plötzlich blieb sein Blick an einem Blutfleck auf der Rückseite hängen. Nils verdrehte die Augen. Offensichtlich hatte Erik in seiner Schusseligkeit nicht bemerkt, dass er sich beim Ablösen der Heftklammer verletzt hatte. Jetzt konnte Nils zusehen, wie er das Blut vom Papier wegbekam!

Michaela suchte verzweifelt nach Oberschwester Irene. Sie konnte auf keinen Fall mit diesem widerlichen Möller die praktische Prüfung machen. Vor Prüfungen hatte sie so schon eine Heidenangst und wenn dieser Möller sie dazu noch mit seinen dummen Bemerkungen triezte, dann würde sie garantiert durchfallen!

Allerdings standen ihre Chancen, die Oberschwester 'rumzukriegen, ziemlich schlecht. Denn Schwester Irene hatte sie gestern schon mit der Bemerkung ablaufen lassen: „Es wird nicht das letzte Mal sein, dass Sie mit einem schwierigen Patienten zu tun haben." Aber vielleicht ließ sie sich doch noch erweichen! Das war Michaelas letzte Hoffnung.

Im Stationszimmer war keine Spur von Schwester Irene. Statt dessen traf Michaela auf Nils, der erschrocken zusammenzuckte, als er die Tür gehen hörte. Als er Michaela sah, atmete er erleichtert auf. Er hatte gerade den Blutfleck mit einem feuchten Tuch abgerieben, so gut es ging. Er musste noch kurz die Bögen wieder zusammenheften und in den Ordner zurücklegen. Dann konnte eigentlich nichts mehr schiefgehen.

Doch Michaela machte ihm einen dicken Strich durch die Rechnung. „Ich gehe zu Oberschwester Irene und frage, wieso du die Fragen vorher lesen darfst und ich nicht", drohte sie mit hämischem Grinsen. Nils starrte sie wütend an. Er hätte nie gedacht, dass Michaela eine Petze war. „Du hältst den Mund!", fuhr er sie an. Aber Michaela blieb eiskalt.

Ihr war nämlich eine Idee gekommen. Wenn die Oberschwester nicht dazu zu bewegen war, ihr einen anderen Patienten als Möller zuzuteilen, dann sollte gefälligst Nils dafür sorgen, dass sie den Stationsschreck los wurde. Und die kopierten Prüfungsbögen kamen ihr als Druckmittel gerade recht. „Ich verpetze dich nicht bei Oberschwester Irene und du schaffst mir Ekel-Möller vom Hals", setzte sie ihm die Pistole auf die Brust.

Nils ließ ungläubig die Blätter sinken. Da hatte Erik ihm ja was Schönes eingebrockt! Während er versuchte, Eriks Hals zu retten, ritt er sich selber immer tiefer in die Sache 'rein. „Ich lass mich doch nicht erpressen!", funkelte er sie an.

„Was habt ihr denn hier für ein Stelldichein?", ertönte es auf einmal schneidend von der Tür. Erschrocken fuhr Nils herum und versteckte die Prüfungsblätter hinter seinem Rücken. Die Oberschwester musterte ihn misstrauisch.

„Was halten Sie da in der Hand?" Nils begann hilflos herumzudrucksen. Lügen war einfach nicht seine Stärke! Schon trat die Oberschwester auf ihn zu. „Zeigen Sie doch mal her." In diesem Augenblick merkte Nils, dass Michaela ihm heimlich die Blätter aus der Hand nahm. Erleichtert streckte Nils seine leeren Hände vor. Die Oberschwester traute dem Braten zwar nicht ganz, aber sie musste wieder an die Arbeit. Der nächste Prüfling wartete schon auf Zimmer 421.

Als die Luft wieder rein war, atmete Nils erleichtert auf. Das war ja gerade nochmal gut gegangen! „Ich hab' dir den Hals gerettet." Michaela drückte ihm die Bögen wieder in die Hand. „Du bist mir etwas schuldig. Wenn Möller in einer halben Stunde noch in seinem Bett liegt, gehe ich doch noch zur Oberschwester." Damit ließ sie Nils stehen.

Nils ließ die Schultern hängen. Er wusste nicht, ob Michaela ihre Drohung tatsächlich wahr machte oder nicht. Aber er wollte es auf keinen Fall austesten. Für ihn stand zu viel auf dem Spiel. Wieso hatte er sich nur von Erik breitschlagen lassen, die Fragen für ihn zu kopieren? Mit finsterem Gesicht heftete er die Blätter zusammen und legte sie in den Ordner zurück.

Erik war total geknickt, denn seine Prüfung war alles andere als gut verlaufen. Vor lauter Sorge, ob Nils die Prüfungsbögen für ihn kopierte, hatte er einen Fehler nach dem anderen gemacht. Seine letzte Hoffnung war jetzt, dass die Schriftliche optimal verlief.

„Hast du die Fragen kopiert?", zischte er Nils zu, dem er auf dem Gang begegnete. Nils nickte unfreundlich. „Du hast mir da was eingebrockt, was du nicht wieder gutmachen kannst", fiel er ihm ins Wort und hastete weiter. Er musste sich jetzt schnellstens einfallen lassen, wie er Herrn Möller aus seinem Zimmer herauslotsen konnte.

2

„Woher wusstest du eigentlich, dass Poker meine Leidenschaft ist?", fragte Karsten Möller begeistert. Nils saß mit Herrn Möller in der Fernsehecke und pokerte. Gelangweilt und ziemlich genervt deckte er jetzt seine Karten auf. „Full House", überbot Möller ihn und strich das Geld ein, das in der Mitte des Tisches lag.

Eifrig sammelte Kasten Möller die Karten zusammen und mischte schon wieder für die nächste Runde. Nils war total frustriert. Wenn das so weiterging, hatte er bald sein Monatseinkommen verspielt.

Als Isabelle am Fernsehzimmer vorbeikam, traute sie ihren Augen nicht. Oberschwester Irene hatte händeringend nach Herrn Möller gesucht. Als er nicht aufzufinden war, hatte sie kurzerhand beschlossen, dass Michaela und Isabelle die Patienten tauschen sollten. Damit war plötzlich sie es, die den Widerling in der Prüfung untersuchen musste.

Herr Möller setzte sein dreckiges Grinsen auf, als er Isabelle bemerkte. „Wir zwei sind jetzt das Traumpaar. Michaela verarztet Herrn Berger und Sie verarzten mich." Nils wäre am liebsten im Boden versunken. Wieso konnte Herr Möller nicht einfach mal seine Klappe halten? „War Nils' Idee", fügte Möller noch hämisch hinzu.

Isabelle stieg die Zornesröte ins Gesicht. Nils wusste doch ganz genau, dass Herr Möller ihr mit seinen dummen Sprüchen schon die ganze Zeit die größten Scherereien machte. „Das werde ich dir nie vergessen!", stieß sie aus und rannte weg, denn ihr traten vor Wut die Tränen in die Augen.

Nils sprang auf und rannte sofort hinterher. „Ich hab's für Erik getan – aus Freundschaft", stieß er atemlos aus. „Was hat Möller bitte mit Erik zu tun?", fragte Isabelle aufgebracht. Umständlich begann Nils, die ganze Geschichte von Anfang an zu erzählen.

Leider wurde Isabelles Zorn dadurch nicht gedämpft – im Gegenteil. „Du bist richtig schwach, Nils. Und ich sag' dir eins. Wenn ich den widerlichen Möller jetzt am Hals habe, gehe *ich* zur Oberschwester. Ich lass mir doch von euch die Prüfung nicht versauen!" Nils wusste nicht mehr weiter. Schon sah er die Katastrophe auf sich zurollen.

In diesem Moment kam Erik vorbei. Er begriff die Situation sofort. „Ich regel' das mit Möller, okay?" „Da bin ich aber mal gespannt", fauchte Isabelle und stieg in den Fahrstuhl.

Da kam auch schon Herr Möller angeschlappt, denn er wollte rechtzeitig wieder auf seinem Zimmer sein, ehe Isabelles Prüfung begann. „Was du mir eingebrockt hast...", schimpfte Nils auf Erik ein. Wahrscheinlich konnte er sich Isabelle nach der Aktion mit Möller jetzt endgültig aus dem Kopf schlagen.

Herr Möller bestieg soeben den Fahrstuhl. Und wenn Erik nicht wollte, dass Isabelle ihn und Nils verpfiff, dann war das jetzt die letzte Gelegenheit zu handeln. Schnell sprang er hinter dem Patienten in den Fahrstuhl. Er hatte noch keinen Plan, was er Herrn Möller sagen wollte, aber er begann, auf ihn einzureden.

Isabelle war einigermaßen erstaunt, als sie die praktische Prüfung hinter sich hatte. So zahm hatte sie Karsten Möller ja noch nie erlebt. „Ich weiß gar nicht, was Sie alle haben", hatte Oberschwester Irene anschließend gesagt. „Herr Möller ist doch ausgesprochen nett."

Jetzt saß Isabelle mit Nils, Erik und Michaela im Schwesternzimmer zusammen. Die Stimmung war mehr als mies. Verbissen und schweigend wiederholten die drei noch einmal den Prüfungsstoff, bevor sie in einer Stunde in die Klausur mussten.

„Was sind die wichtigsten sensomotorischen Ausfälle beim Apoplex?", fragte Erik vorsichtig in die Runde. Zu seinem Entsetzen hatte er gerade festgestellt, dass ihm die Fragen nicht die Spur weiterhalfen. Er hätte den Zettel mit den Antworten gebraucht.

Aber die Freunde weigerten sich einfach, mit ihm zusammen die Fragen durchzuarbeiten. Dabei hatten die drei mit einem kurzen Blick auf die Bögen festgestellt, dass sie alle Antworten wussten. Aber anstatt ihm die Lösungen zu verraten, ließen sie ihn eiskalt schmoren. Sie wollten Eriks Betrügereien nicht auch noch unterstützen!

„Jetzt hast du schon die Fragen, jetzt lern endlich", sagte Michaela bissig. „Du hast hier überhaupt nichts mehr zu melden!", warf Isabelle ein. „Hängst mir den widerlichen Möller an den Hals!" Nils packte seine Unterlagen zusammen und verließ das Zimmer. Bei dem Gekeife konnte ja kein Mensch lernen!

Da schob Herr Möller seinen Kopf durch den Spalt. „Isabelle", flirtete er sie an, „ich würde Sie gern zum Ohnesorg-Theater einladen, weil Sie die Prüfung so toll hingekriegt haben." Isabelle stöhnte genervt auf. Ja, kapierte der Typ denn gar nichts? „Ich habe keine Zeit, wie Sie sehen. Jetzt lassen Sie mich endlich in Ruhe!" Sie vergrub sich tief hinter ihrem Lehrbuch.

Das Lächeln auf Karsten Möllers Gesicht erstarb. „Ich dachte, Sie mögen mich", sagte er beleidigt. „Erik hat gesagt, Sie sind nur zu schüchtern. Aber wenn ich Ihnen bei der Prüfung ein bisschen helfen würde..." „Erik hat was?", fragte Isabelle entgeistert. Erik drückte sich ganz tief ins Sofa. Wieso musste Karsten Möller auch alles herausplappern?

Isabelle war drauf und dran, auf Erik loszugehen. Doch ehe der offene Streit ausbrach, schob Michaela Herrn Möller zur Tür. „Mit den Karten können Sie Ihrer Oma eine Freude machen." Sie schlug ihm die Tür vor der Nase zu.

Aber es war immer noch einer zu viel im Zimmer. Isabelle und Michaela verstanden sich wortlos – sie packten den sich sträubenden Erik und schleiften ihn nach draußen. Endlich war Ruhe im Schwesternzimmer. Isabelle und Michaela vertieften sich wieder in die Lehrbücher.

Erik fand die Mädchen einfach undankbar! Er setzte Himmel und Hölle in Bewegung, um an die Prüfungsfragen zu kommen und sie rückten nicht einmal mit den Antworten heraus. Dabei hatte er es doch für alle getan!

Aber Erik gab nicht so leicht auf. Wenn die Mädchen ihn auch im Stich ließen – Nils würde ihn nicht so kalt abhängen. Wahre Freundschaft gab es eben nur unter Männern!

Er machte sich auf die Suche nach Nils und fand ihn schließlich im Fernsehzimmer. Nils saß vor seinen Unterlagen und starrte Löcher in die Luft. Nils fiel ein Stein vom Herzen und ließ sich neben ihm aufs Sofa fallen. „Komm, wir gehen die Fragen durch." Doch Nils hatte für heute genug von Erik. Schweigend starrte er an ihm vorbei.

Erik fühlte Panik in sich aufsteigen. Allein konnte er gerade mal ein Fünftel der Fragen beantworten und das hieß: Durchgefallen. „Tu's für deinen Freund", versuchte Erik es mit dem Stichwort, das bei Nils eigentlich immer zog.

„Du weißt doch gar nicht, was Freundschaft ist", fuhr Nils ihm über den Mund. Erik verstand jetzt gar nichts mehr. Welche Laus war denn Nils über die Leber gelaufen? Er war sich jedenfalls keiner Schuld bewusst. „Für mich hat Freundschaft Grenzen", erklärte Nils bitter. „Wo ich andere in Schwierigkeiten bringe, da hört für mich die Freundschaft auf."

Erik zog ein Gesicht. Was sollte die Moralpredigt? Er hatte im Augenblick wirklich andere Sorgen. „Wir sind doch bis jetzt super miteinander ausgekommen", versuchte er Nils zu beschwichtigen. Nils warf ihm einen höhnischen Blick zu. Ja, auf seine Kosten! „Lass mich in Ruhe!", blaffte er Erik an.

Erik hielt es ausnahmsweise für klüger, einen Rückzieher zu machen. Es blieb ihm nichts anderes übrig, als sich mit seinem Lehrbuch in ein stilles Eckchen zu verziehen und zu sehen, wieviel Fragen er in der letzten Stunde vor der Prüfung noch klären konnte.

Die Pflegeschüler waren komplett im Unterrichtsraum versammelt und warteten auf Oberschwester Irene. Erik war bester Laune. Er hatte in der letzten Stunde die meisten Fragen mithilfe des Lehrbuchs beantwortet. Jetzt konnte eigentlich nichts mehr schiefgehen. Aber als die Oberschwester eintraf, kam alles ganz anders.

„Ich bin mir sicher, dass ihr alle die Fragen spielend leicht beantworten werdet", begrüßte sie die Schüler spöttisch und hielt die drei Bögen in die Höhe, die Nils und Erik kopiert hatten.

Erik und Nils erstarrten. Hatte sie doch etwas gemerkt? Und schon begann die Oberschwester aufzuzählen: „Das Papier ist angeschmuddelt, jemand hat Flecken darauf gemacht und die Heftklammer ist jetzt rechts statt links." Die anderen Pflegeschüler stöhnten auf über so viel Dummheit. Wenn man schon pfuschte, dann doch bitte so, dass es nicht auffiel!

Erik und Nils trauten sich gar nicht aufzusehen. Gleich würde das Donnerwetter über sie hereinbrechen und sie wären geliefert. „Ich will gar nicht wissen, wer von euch das Papier entwendet hat", fuhr Oberschwester Irene mit einem Blick auf Erik fort. „Wir schreiben die Prüfung morgen und es wird neue Fragen geben, alle viel schwieriger als die hier." Dann packte sie die Fragen weg und schritt hoch erhobenes Hauptes aus dem Zimmer.

Die Schüler verdrehten die Augen. Sie würden die ganze Nacht lernen müssen, denn das würde eine gesalzene Prüfung geben, darauf konnten sie Gift nehmen!

Isabelle, Michaela und Nils hatten sich für den Abend in der WG zum Lernen verabredet. Nach einer Weile kam Erik aus seinem Zimmer geschlichen und setzte sich mit seinem Lehrbuch dazu. Behutsam begann er: „Senso-motorische Ausfälle bei..." „Halt die Klappe!", blafften die drei anderen wie aus einem Mund.

Erik drückte sich ein wenig tiefer in seinen Sessel. Die Prüfung saß ihm im Augenblick zwar wie ein drohendes Ungeheuer im Nacken. Aber noch schlimmer war für ihn, dass die Freunde ihn seit Stunden schnitten. Bei so einem Psycho-Stress konnte er sich einfach nichts merken.

Erik nahm noch einmal einen zaghaften Anlauf. „Wollen wir nicht wieder Freunde werden?" Seine Stimme klang jetzt fast kläglich. „Wir können's doch nochmal versuchen." Die Antwort war eisiges Schweigen.

Doch plötzlich flog Erik ein Kissen an den Kopf. Erik sah fragend, aber schon wieder ein bisschen hoffnungsvoller auf. War das etwa ein Friedensangebot?

Die drei Freunde mussten lachen, wie Erik da mit seinen verstrubbelten Haaren und einem schiefen Grinsen zwischen den Kissen saß. Jetzt griffen auch Isabelle und Michaela nach einem Kissen und dann stürzten alle drei auf Erik los, bis er endlich japsend um Gnade winselte.

3

Isabelle, Nils, Erik und Michaela konnten aufatmen. Alle vier hatten sie die Prüfungen bestanden – Erik allerdings nur mit sehr viel Toleranz, wie Oberschwester Irene kritisch bemerkte, wobei sie ihn über ihre Brillengläser hinweg missbilligend ansah. Aber das konnte Erik nicht schocken. Trotzdem nahm er sich fest vor, ab sofort einen vorbildlichen Dienst hinzulegen.

Zu allererst wollte er seiner ständigen Unpünktlichkeit zu Leibe rücken. Denn Dr. Gröbe fuhr seit letzter Woche ein unerbittliches Pünktlichkeitsprogramm. An der Stationsrezeption fing er bei Dienstbeginn und nach der Mittagspause alle Nachzügler ab und nahm sie ins Gebet. Leider erwischte er Erik jeden Tag mehrmals.

Erik hatte den Freunden vorgerechnet, dass man mit Inline-Skates dreimal so schnell im St. Angela war wie zu Fuß. Er hatte Nils und Isabelle erstaunlich schnell davon überzeugt, dass man so auf dem Weg ins St. Angela wertvolle Zeit einsparen konnte.

Jetzt skateten die drei gemeinsam Richtung Klinik. Isabelle war immer ein wenig voraus, denn Nils musste Erik stützen, der sehr wacklig auf seinen Inlinern stand.

Isabelle hatte mittlerweile ein gutes Tempo. Jetzt fuhr sie auf einer leicht abschüssigen Straße, wo sie sich einfach rollen lassen konnte. Vor einer viel befahrenen Querstraße wollte sie elegant abbremsen, da löste sich plötzlich der Bremsgummi. Isabelle fuhr das kalte Entsetzen in die Glieder. Sie stand wie erstarrt auf ihren Skates, während sie immer schneller auf die querenden Laster zuraste. Sie schloss die Augen und wartete auf den Knall, da wurde sie zur Seite gerissen und fiel hin.

„Du bist viel zu hübsch, um überfahren zu werden", lächelte ein Junge mit wunderschönen braunen Augen sie an, als er ihr wieder auf die Beine half. Isabelle war noch immer völlig verwirrt. Der fremde Skater hatte ihr gerade das Leben gerettet! „Ich heiße Philip", stellte er sich vor. Von hinten näherten sich jetzt auch Nils und Erik.

„Tolle Methode, sich umzubringen", murrte Nils unfreundlich. Ihm passte es überhaupt nicht, dass der Fremde Isabelle immer noch im Arm hielt. „Kritik ist genau das, was ich jetzt brauche", pampte Isabelle zurück. „Was du brauchst, ist ein Cappucchino-Eis", schaltete Philip sich charmant ein.

Isabelle strahlte ihn an. Sie wäre so gern mit Philip in die Eisdiele gegangen, aber sie musste leider zum

Dienst. Doch Philip ließ nicht locker, bis Isabelle sich mit ihm für die Mittagspause verabredete. Dann fasste er ihre Hand und skatete mit ihr zusammen bis zur Klinik.

„Schätze, der Typ ist voll bei ihr gelandet", stellte Erik fest. Nils zog ein finsteres Gesicht. Konnte Erik nicht ein Mal seine Sprüche für sich behalten?

In der Klinik wurden Nils und Erik von dem schlecht gelaunten Oberarzt Dr. Gröbe empfangen. Heute bekamen sie gleich zwei Anpfiffe: einen wegen ihrer Unpünktlichkeit und den zweiten, weil Inline-Skates in der Klinik verboten waren.

Isabelle war bester Laune, als sie heute die Medikamente für die Station zusammenstellte. Philip ging ihr nicht aus dem Kopf. Sie konnte kaum die Mittagspause erwarten, wenn sie ihn wiedersehen würde.

Als Isabelle das Herzüberwachungsgerät auf die Intensivstation zurückbringen wollte, wurden auf einmal die Schwingtüren aufgestoßen und Philip kam ihr auf Inlinern entgegen. Kurz vor ihr bremste er elegant, wobei er eine meterlange schwarze Bremsspur auf dem Linoleum hinterließ. Dann drückte er ihr einen roten Herzluftballon in die Hand. „Damit du mich bis zur Mittagspause nicht vergisst." Isabelle sah verwirrt zu ihm auf. Philip war gerade dabei, ihr Herz im Sturm zu erobern. „Aber jetzt solltest du besser verschwinden!", riet sie ihm. „Du darfst eigentlich gar nicht auf die Station – schon gar nicht auf Inlinern."

„Ohne einen Kuss bewege ich mich nicht von der Stelle", gab Philip ungerührt zurück und beugte sich zu Isabelle herunter. In diesem Augenblick bemerkte Isabelle, dass Gröbe am Ende des Gangs auftauchte. Ohne weitere Erklärungen schob sie Philip in einen Seitengang. Da hatte Gröbe sie auch schon entdeckt. „Schwesternschülerin Isabelle! In welchem Zimmer liegt der Herzpatient?"

Isabelle musste sich ziemlich zusammenreißen, um Gröbe nicht breit anzugrinsen. Hilflos stammelte sie etwas von Umlegung. Da fiel Gröbes Blick auf den roten, herzförmigen Ballon, den Isabelle noch immer in der Hand hielt. Ungehalten fuhr er sie an: „Was soll das alberne Ding?"

In diesem Augenblick tauchte Philip hinter Gröbes Rücken auf, schnitt eine entsetzliche Grimasse und war schon wieder im rechten Flur verschwunden. Auf Isabelles Gesicht zeigten sich erste Anzeichen eines drohenden Lachanfalls. Mühsam beherrscht gab sie zurück: „Den Ballon meinen Sie? Den hat mir einer der Patienten geschenkt."

Gröbe sah sie besorgt an. „Sagen Sie, geht es Ihnen nicht gut?" „Doch, mir geht es prima", brachte Isabelle gerade noch heraus; dann war es mit ihrer Fassung völlig vorbei, denn hinter Gröbes Rücken rollerte Philip quer über den Gang und machte das Krokodil. Isabelle prustete einfach los.

Da wirbelte Gröbe herum und entdeckte Philip, der jetzt wieder von links auftauchte. „Raus!", brüllte er mit hochrotem Kopf. „Inline-Skater haben hier nichts verloren!" Er stürzte auf Philip los und wollte ihn packen. Aber der zischte an ihm vorbei und setzte mit einem Riesensprung über das Bett, das Nils gerade quer in den Gang schob, und weg war er! Gröbe starrte Philip fassungslos hinterher. Wenn er den Burschen in die Finger kriegte!

Aber zuerst würde er sich Isabelle vorknöpfen. „Lernschwester Isabelle!", donnerte er. „Ich verlange eine Erklärung!" Doch dann blieb ihm das Wort im Hals stecken, denn Isabelle hatte sich längst aus dem Staub gemacht.

Gröbes Abneigung gegen Inline-Skater hatte Philip nicht im geringsten beeindruckt. Mit breitem Grinsen rollte er Punkt zwölf Uhr ins Schwesternzimmer, um Isabelle abzuholen. Auf dem Weg nach draußen zog er sie in die Telefonecke. „Wir sollten den geplatzten Kuss nachholen." Isabelle musste lächeln. Philip war wirklich hartnäckig! Schon hatte er sie zu sich gezogen und küsste sie sanft. Isabelle schloss die Augen...

Plötzlich hörte Isabelle hinter ihrem Rücken etwas scheppern. Als sie sich umdrehte, entdeckte sie Nils, der auf dem Medikamentenwagen herumräumte und sie dabei misstrauisch beobachtete. Isabelle stöhnte auf, machte sich von Philip los und stapfte auf Nils zu. „Spionierst du mir nach?" „Wieso? Ich habe hier zu tun."

Nils wandte sich wieder seinen Medikamenten zu. Doch dann musste er noch loswerden: „Findest du nicht, dass er ein bisschen unreif ist?" Isabelle funkelte ihn an: „Ich glaube nicht, dass dich das was angeht."

Kurz bevor der offene Streit ausbrach, kam Philip heran, nahm Isabelle an der Hand und zog sie mit sich. „Lass uns 'rausgehen. Ich will dir was zeigen." Isabelle würdigte Nils keines Blickes mehr.

Vor der Klinik legte Philip mit seinen Skatern ein paar übermütige, aber ziemlich gekonnte Luftsprünge hin. Isabelle staunte ihn an: „Du bist ja ein richtiges Ass!" Philip kam elegant vor ihr zum Stehen. „Ich möchte damit Geld verdienen. Im Sommer bladen, im Winter snowboarden und dann irgendwann in einer Show mitmachen."

Angestachelt von Isabelles Bewunderung rannte Philip auf die Treppe zu, sprang mit einer Drehung hoch in die Luft, landete rückwärts auf den Stufen und ratterte hinunter. Doch plötzlich überschlug er sich und blieb reglos liegen.

Isabelle schrie entsetzt auf. Mit wenigen Schritten war sie bei ihm. „Philip!", stieß sie hervor und wollte seinen Kopf anheben. Doch da merkte sie, dass Blut über ihre Finger rann. Sofort zog sie die Hände zurück.

Es war das Schlimmste eingetreten, das sie sich vorstellen konnte. Philip hatte am Genick eine offene Wunde und möglicherweise war die Wirbelsäule verletzt. Wenn das tatsächlich zutraf, hieß es für Philip, dass er nie wieder laufen konnte! Verzweifelt begann Isabelle um Hilfe zu rufen.

Wenig später kamen die Rettungssanitäter. Mit äußerster Vorsicht hoben sie den Bewusstlosen auf die Trage.

4

Wie betäubt folgte Isabelle den Sanitätern in die Notaufnahme. Als Dr. Eisenschmidt die Wunde sah, schaltete er auf höchste Alarmstufe. Der Patient musste sofort geröntgt werden und dann zur Computertomographie. Nur wenn man jetzt keine Zeit verlor und alles optimal verlief, bestand überhaupt eine Chance, die Nervenstränge im Rückenmark zu erhalten – und damit die Fähigkeit des Patienten, sich unterhalb des Kopfes noch bewegen zu können. Eisenschmidt benachrichtigte eilig Dr. Kühn, die die Operation durchführen sollte. Außerdem wurde ein Fachmann von der Neurologie gerufen, der die Operation begleiten sollte.

„Sie kennen den Jungen?", fragte Dr. Eisenschmidt Isabelle, die reglos der Trage hinterhersah, auf der Philip bereits zum Röntgen gefahren wurde. Isabelle nickte stumm. „Dann kommt einiges auf Sie zu", sagte Dr. Eisenschmidt mitleidig. „Es sieht nicht gut aus."

Philips Verletzung war tatsächlich so ernst, wie alle gefürchtet hatten. Drei Halswirbel waren gebrochen und es bestand die Gefahr, dass Bruchstücke des Knochens oder austretendes Blut die Nervenstränge abdrückten.

Jetzt musste alles sehr schnell gehen. Als Michaela den Schwerverletzten Richtung OP schob, traf sie auf Isabelle, die nur mühsam die Tränen zurückhalten konnte.

Zutiefst besorgt beugte sie sich zu ihm herunter. „Philip!" Auf einmal begannen die Augenlider des Verunglückten zu flattern und er kam zu sich. Sein Gesicht war vor Schmerz verzerrt und er stöhnte vor sich hin: „Ich habe mir das Genick gebrochen. Ich werde nie wieder laufen können."

Isabelle schluckte ihre eigenen Tränen hinunter. Sie strich ihm tröstend über die Wange. „Nein, Philip. Du kommst wieder auf die Beine." Philips Blick saugte sich für einen Moment an Isabelles Gesicht fest. Dann versank er wieder in Bewusstlosigkeit.

Isabelle machte sich die größten Vorwürfe. Hätte sie Philips bösen Sturz verhindern müssen, indem sie ihn davon abhielt, so halsbrecherisch zu fahren? Aber Philip war doch so ein guter Skater! Sie war wirklich nicht auf den Gedanken gekommen, dass ihm dabei etwas passieren könnte!

Als Isabelle mit dem Medikamentenwagen am Stationsempfang vorbeikam, rief Oberschwester Irene sie zu sich. Philips Mutter war eben eingetroffen, eine gutaussehende, etwa fünfundvierzigjährige Frau. Isabelle sollte sie in den OP-Bereich bringen, wo Professor Waizmann schon auf sie wartete. Professor Waizmann, der eng mit dem verstorbenen Mann der Senatorin befreundet gewesen war, hatte sie persönlich vom Unfall ihres Sohnes benachrichtigt.

„Wie konnte das nur passieren?", murmelte Frau König entsetzt, als sie mit Isabelle im Aufzug stand. Isabelle sah ausdruckslos vor sich hin. „Er hat mir Kunststücke auf Inlinern vorgeführt." Die Senatorin sah verblüfft auf. „Sie waren dabei?" Isabelle nickte schuldbewusst. „Es tut mir so leid", begann sie. „Aber es sah alles so leicht aus…" „Und Sie haben ihm womöglich noch Beifall geklatscht", unterbrach Frau König sie barsch.

Isabelle schüttelte verzweifelt den Kopf und sah die Senatorin offen an. „Nein, mir geht es selbst so nah, weil zwischen Philip und mir…" Sie konnte nicht weiterreden, weil sie mit den Tränen kämpfen musste.

Inga König musterte die hübsche Schwesternschülerin. „Klar, dass er Sie beeindrucken wollte", sagte sie wie zu sich selbst. Dann glitt ein leises Lächeln über ihr Gesicht. „Aber nicht nur Sie. Waghalsig und tollkühn ist er immer." Nachdenklich fügte sie hinzu: „Eigentlich habe ich immer darauf gewartet, dass ein Krankenhaus anruft. Jetzt ist es so weit…" Ihre Stimme begann zu zittern und sie schwieg.

Im OP ging die Operation unterdessen in die entscheidende Phase. „Wenn wir jetzt einen Fehler machen, können wir die Querschnittlähmung nicht verhindern", wandte Dr. Kühn sich an das OP-Team. Dann griff sie nach dem Bohrer, um in den Wirbeln die Löcher für die Schrauben zu setzen.

Der Dienst schien Isabelle heute quälend lang. Als sie den Schwesternkittel endlich ausziehen konnte, fuhr sie mit dem Fahrstuhl sofort zum OP. Vielleicht wusste man schon, wie Philips Chancen standen.

Vor dem OP traf sie auf Philips Mutter. Isabelle zögerte zuerst, zu ihr zu gehen. Schließlich hatte Frau König ihr im Fahrstuhl deutlich zu verstehen gegeben, dass sie sie für mitverantwortlich an Philips Unfall hielt. Doch dann holte sie tief Luft und trat entschlossen auf sie zu.

Philips Operation hatte fünf Stunden gedauert, erzählte die Senatorin. Eben erst war er zur Computertomographie gefahren worden. Mithilfe der CT-Bilder wollte man feststellen, ob die Operation glücklich verlaufen war oder ob Blutungen oder Quetschungen aufgetreten waren, die die Nervenstränge des Rückenmarks geschädigt hatten.

Man sah der Senatorin an, was sie mitmachte. Unruhig lief sie auf und ab und warf immer wieder ängstliche Blicke auf die Uhr. Wann kam endlich der Professor mit dem Ergebnis?

Um sie abzulenken, erzählte Isabelle, wie Philip ihr am Morgen das Leben gerettet hatte. Frau König lächelte stolz und gleichzeitig traurig. „Da rettet er anderen das Leben und setzt seines aufs Spiel." Langsam taute die Senatorin auf und wurde gesprächiger. „Nach der zehnten Klasse hat Philip die Schule abgebrochen. Seitdem hat er nur noch Rollerbladen und Snowboarden im Kopf." Ein Schatten flog über ihr Gesicht. „Er wird es nicht verkraften, wenn er nicht mehr laufen kann."

„Philip ist ein richtiger Charmeur", lächelte Frau König wehmütig. „Ständig bringt er andere Mädchen mit nach Haus. Dabei ist er erst siebzehn."

Isabelle sah sie ungläubig an. Sie hätte ihn auf Anfang zwanzig geschätzt. Für sein Alter kam er tatsächlich ganz schön schnell zur Sache!!

In diesem Augenblick kam Professor Waizmann von der Computertomographie zurück. „Die CT hat ergeben, dass die Operation erfolgreich verlaufen ist", sagte er. „Philip hat gute Chancen, wieder ein normales Leben zu führen."

Isabelle hielt sich die Hand vor den Mund, sonst hätte sie vor Freude und Erleichterung laut geschrien. Die Senatorin konnte einfach nicht anders. Sie musste Isabelle kurz ganz fest drücken. Dr. Waizmann legte Inga König freundschaftlich den Arm um die Schulter. „Komm, wir gehen jetzt zu Philip. Und Sie", wandte er sich an Isabelle, „können nach Haus gehen." Isabelle nickte ihn strahlend an.

Am nächsten Morgen kam Isabelle sehr früh ins St. Angela. Sie wollte vor dem Dienst unbedingt Philip auf der Intensivstation besuchen. Als sie die Tür öffnete, grinste Philip ihr schon entgegen. Selbst mit der Philadelphia-Krawatte, die man um seinen Hals gelegt hatte, sah er noch wie ein Dressman aus, fand Isabelle.

„Du hast meine Mutter gestern ganz schön um den Finger gewickelt", sagte er zur Begrüßung. „Und du hast mir gestern einen ziemlichen Schrecken eingejagt", gab Isabelle zurück und setzte sich an sein Bett.

Mit einem Schlag wurde Philip ernst. „Stimmt. Ich hätte tot sein können", gab er kleinlaut zu. „Ich musste meiner Mutter gestern Abend noch versprechen, wieder in die Schule zu gehen und die Skates erst mal an den Nagel zu hängen. Und ich glaube, diesmal hat sie recht."

Isabelle strich ihm vorsichtig über die Wange. Da war noch eine Frage offen. „Warum hast du mir eigentlich nicht gesagt, dass du erst 17 bist?" „Warum sollte ich uns den Spaß verderben?", fragte er schelmisch und sah sie aus treuen, braunen Augen an. Isabelle schüttelte lächelnd den Kopf. Beinahe hätte sie sich wirklich in Philip verliebt. Dabei war es einfach seine Art, ein bisschen herumzuflirten und vielleicht ganz nebenbei jede Menge Mädchenherzen zu brechen.

Philip griff nach Isabelles Hand. „Kommst du mich wieder besuchen?" Isabelle nickte. „Wenn sich hier nicht gerade zuviele von deinen Freundinnen drängeln..." meinte sie trocken. Philip musste grinsen. „Eifersüchtig?" Isabelle knuffte ihn leicht. „Das hättest du wohl gern!" Sie gab ihm einen sanften Nasenstüber.

5

Nils gab Erik hinter dem Rücken der Mädchen eindringlich Zeichen. Die vier Freunde hatten heute in der WG türkisch gekocht und gemeinsam zu Abend gegessen. Danach, so hatte Nils es mit Erik heimlich abgesprochen, sollte Erik mit Michaela aus der WG verschwinden, damit Nils endlich mal mit Isabelle allein sein konnte. Er war immer noch bis über beide Ohren in sie verliebt und er wollte und konnte nicht aufgeben. Einmal musste es doch klappen!

Doch Erik warf Nils nur einen hilflosen Blick zu. Er versuchte ja schon die ganze Zeit sein Bestes, aber bei Michaela war einfach nichts zu machen. Sie bewegte sich keinen Zentimeter von ihrem Stuhl weg. „Krieg' ich noch etwas Wein?", fragte sie statt dessen und hielt Nils ihr Glas hin.

„Disco, Michaela?", schlug Erik jetzt vor und wippte aufmunternd vor sich hin. „Ein bisschen abdancen?" Aber Michaela winkte ab. „Keine Lust."

Nils schnitt hinter Isabelles Rücken weiter Grimassen. Erik durfte auf keinen Fall aufgeben! „Dann mach' ich mal das Radio an", meinte Erik plötzlich. „Au ja", meinte Michaela, „wir können ja hier ein bisschen tanzen." Erik wischte unterdessen kurz aus dem Zimmer. „Kurzes Telefonat", murmelte er zur Entschuldigung. Nils starrte ihm fassungslos hinterher. Wie konnte Erik ihn so hängen lassen? Jetzt hatte er Michaela für den Rest des Abends am Hals.

Als Erik zurückkam, stellte er den Regler am Radio lauter. „Na, wollen wir tanzen?", fragte er Michaela und und begann bereits mit ihr abzuhotten, während Nils sich allein in der Küche mit dem Abwasch herumschlug. Plötzlich tönte eine Stimme aus dem Radio: „Wir unterbrechen unser Programm, um über die Brandkatastrophe im Krankenhaus St. Angela zu berichten. Noch immer kämpfen mehrere Hundertschaften der Feuerwehr gegen die Flammen im St. Angela. Trotz ihres mutigen Einsatzes ist der Haupttrakt bereits bis auf die Grundmauern niedergebrannt..."

Sofort hörten alle angespannt zu. Das hörte sich ja schrecklich an! Man musste sofort los. Bestimmt wurde jeder gebraucht, um die Patienten notzuversorgen! Isabelle, Michaela und Nils zogen sofort ihre Mäntel an, um ins St. Angela zu fahren. Nur Erik druckste ein bisschen herum und meinte schließlich, dass drei Pflegeschüler bei dem Brand völlig ausreichten. Er zog es vor, im Fernsehen ein bisschen durch die Kanäle zu zappen. Isabelle, Nils und Michaela kam das ein bisschen komisch vor, aber sie durften jetzt keine Zeit mehr verlieren. Bei Bränden war mit jeder Menge Schwerverletzter zu rechnen.

Doch als Isabelle, Michaela und Nils am St. Angela eintrafen, war von Brandkatastrophe keine Spur. Dr. Eisenschmidt in der Notaufnahme verstand gar nicht, wovon die drei redeten.

Isabelle, Michaela und Nils konnten sich das nicht erklären. Hatte der Radiosprecher sich denn geirrt? Doch Nils schwante bereits etwas. Erik war ein Bastler. Er hatte sich mit seinem Funkgerät schon öfter in fremde Radioanlagen eingeschaltet, um die Leute aus der Nachbarschaft mit Meldungen über Wirbelstürme oder Außerirdische zu erschrecken. Das hier war garantiert wieder einer von Eriks „Einfällen". Auch den anderen ging jetzt ein Licht auf. Es war ihnen gleich komisch vorgekommen, dass Erik bei der Brandkatastrophe am St. Angela keine Erste Hilfe leisten wollte.

„Das war kein Scherz mehr", sagte Nils finster, als sie gemeinsam in die WG zurückfuhren. „Nein!" Isabelle war richtig wütend. „Ich hatte die totale Panik." Na, Erik konnte was erleben, wenn sie wieder zu Haus waren! Aber als die drei in der WG eintrafen, hatte Erik seine Zimmertür verrammelt und schlief bereits tief und fest.

Als Erik am nächsten Morgen im St. Angela eintraf, wurde er schon von Nils erwartet. Er packte ihn am Genick und schubste ihn vor sich her in die Cafeteria. „Isabelle war total geschockt!", schimpfte er los. „Mit deinem Brand hast du alles versaut!" „Du hast es nicht ausgenutzt?" Erik schlug sich fassungslos an den Kopf. „Du hättest sie in die Arme nehmen und trösten müssen! Da lass' ich mir das Genialste einfallen, damit ihr zwei alleine seid..."

Aber Nils sah nicht, wo die Genialität einer getürkten Brandmeldung liegen sollte. „Du bist ein total gedankenloser Knallkopf!" Erik fuhr auf. „Ist das dein Dank für einen Freundschaftsdienst? Dir helf' ich nie mehr." Die beiden standen sich jetzt mit geballten Fäusten drohend gegenüber. „Dann sieh zu, wie du bei ihr landest." Erik brüllte fast. „Du bist ja nicht mal fähig, sie zu küssen, wenn du nachts mit ihr spazierengehst, du Feigling!"

Nils schnappte nach Luft. Eben wollte er Erik am Kragen packen und ordentlich schütteln, da ertönte die tiefe Stimme von Sir Henry, dem Chef der Cafeteria: „Raus jetzt! Wer sich prügeln will, geht vor die Tür!"

Beim Bettenmachen behandelte ihn nicht nur Nils, sondern auch Michaela und Isabelle wie Luft. Erik zog ein Gesicht. Er fand zwar, die anderen stellten sich ziemlich an, aber Krach mit den Freunden war ihm die Sache einfach nicht wert. Also gab er sich einen Stoß und ging zu Isabelle, Michaela und Nils in den Wäscheraum. „Das war blöd gestern", begann er. „Ich fand's zwar witzig..." Doch da fiel sein Blick auf Isabelle, deren Gesicht sofort wieder versteinerte. „Also, es war auch gar nicht witzig", verbesserte er sich. „Ich hab' wahrscheinlich zuwenig nachgedacht..."

Die Freunde sahen ihn kopfschüttelnd an. „Na ja, man soll nicht nachtragend sein", entschied Isabelle schließlich großzügig. Michaela nickte. „Aber nochmal fallen wir nicht auf dich herein", drohte Nils. „Und zur Strafe bringst du die Schmutzwäsche 'runter." Erik zog ein Gesicht. Aber er war so erleichtert, dass die Freunde sich wieder mit ihm vertrugen, dass er nicht weiter meckerte. Er begann den Wäscheberg in den Korb für die schmutzige Wäsche zu packen. Nils, Isabelle und Michaela wollten gerade in den nächsten Zimmern die Bettwäsche abziehen, da ertönte ein markerschütternder Schrei aus dem Wäschezimmer. Sofort waren die drei wieder bei Erik.

Erik drückte sich mit angstverzerrtem Gesicht in die Ecke und zeigte entsetzt auf den Wäschestapel. „Eine Spinne!", keuchte er. „Eine riesige Spinne! Mindestens eine Tarantel oder eine Vogelspinne." Isabelle, Nils und Michaela stöhnten genervt auf. „Tolle Vorstellung, Erik", meinte Isabelle und klopfte Erik auf die Wange wie einem besonders armen Irren, bei dem alles zu spät ist. „Du bist aber auch zu blöd", meinte Michaela. „Wieso musst du immer noch einen draufsetzen?" Die drei gingen wieder an die Arbeit.

Zitternd vor Angst blieb Erik zurück. Er hatte die Spinne wirklich gesehen! Warum glaubte ihm denn niemand? In größter Panik begann er, jedes einzelne Wäschestücke vorsichtig auszuschütteln und misstrauisch hin- und herzuwenden. Aber die Spinne blieb verschwunden.

Um zwölf unterbrach Erik seine Untersuchungen in der Wäschekammer, um mit Michaela und Isabelle das Essen zu verteilen. In Zimmer 403 wollte Erik eben das unterste Tablett vom Servierwagen nehmen, da sprang er erschreckt zurück. „Da ist sie wieder!", schrie er auf. „Eine Riesenspinne, so groß wie meine Hand!" Er sah wild um sich.

Die fünf Patientinnen sprangen sofort in Panik auf ihre Betten. „Ich habe sie auch gesehen!", kreischte Frau Kreuzberg mit den Krampfadern. „Mit ganz dicken Beinen und schwarz!" Sofort brach in dem Zimmer ein tumultartiges Durcheinander aus. „Hier gibt es keine Spinne!", versuchte Isabelle die Patientinnen zu beruhigen, doch keiner hörte sie. „Du bist ein verdammter Idiot!", zischte sie Erik an, aber der sprang im selben Moment quer über ein Bett. „Da ist sie!"

Plötzlich stand Oberschwester Irene im Zimmer. Von Erik sah sie nur das Hinterteil, weil er immer noch unter einem der Betten nach etwas angelte. „Ich hab' sie!", brüllte er. Aber was er unter dem Bett hervorzog, war eine angegammelte Kiwi.

Als er sich umdrehte, sah er Oberschwester Irene ins Gesicht, die das gar nicht lustig fand. „Oberschwester!", entfuhr es Erik entsetzt. Dann begann er zu stammeln: „Also ich dachte, da wäre eine Spinne..." „Entweder Sie sind krank oder Sie stehen kurz vor dem Rausschmiss!", unterbrach Schwester Irene ihn streng. Dann schickte sie Erik wieder in die Wäschekammer. Dort würde er den geringsten Schaden anrichten.

Am Abend traf sich Professor Waizmann mit Dr. Gröbe zu einer kurzen Besprechung auf dessen Zimmer. „Woher haben Sie denn die riesige Palme?", staunte er. „Es wird bei Ihnen ja direkt wohnlich." Gröbe lächelte geschmeichelt, aber er verschwieg, dass Schwester Daniela, mit der er ein heimliches Verhältnis hatte, ihm diese Palme gestern Abend geschenkt hatte.

„Sie kommt direkt aus Südamerika", antwortete er. „Gestern habe ich sie beim Pflanzenverkauf am Hafen erstanden." Der Professor nickte, ganz in Gedanken. „Da gibt es ja einige medizinisch äußerst interessante Fälle, bei denen Besitzer dieser eingeführten Pflanzen plötzlich an unerklärlichen Krankheiten litten. Sie wissen auch, dass man manchmal mit den Palmen eine exotische Spinne als blinden Passagier dazubekommt, gratis sozusagen?"

Gröbe gab als Antwort ein höfliches Lachen von sich. Dann widmeten sich die beiden dem Sparprogramm, mit dem Gröbe die Klinik auf Vordermann bringen wollte.

Erik kam wie jeden Morgen zu spät. Isabelle, Nils und Michaela machten sich im Umkleideraum schon für den Dienst fertig. Besorgt erzählte Isabelle von der letzten Nacht. Erik hatte im Schlaf so laut geschrien, dass sie es bis in ihr Zimmer gehört hatte. Als sie ihn wachgerüttelt hatte, hatte er etwas von Riesenspinnen vor sich hingemurmelt.

„Kann es sein, dass er Drogen nimmt?", wandte sie sich an Michaela und Nils. „Ach was!", winkte Michaela ab. Dann zog sie eine große Gummispinne aus ihrer Tasche, die einer Vogelspinne täuschend ähnlich sah. „Aber ich weiß, womit wir den guten Erik kurieren können." Die drei grinsten sich an.

„Sie sind mein Alptraum!", überfiel Oberschwester Irene Erik, den sie noch im Umkleideraum fand, als der Dienst schon längst begonnen hatte. Statt einer Antwort hielt Erik ihr ein Spinnenbuch unter die Nase und tippte aufgeregt auf das Foto der Vogelspinne. „Diese Spinne habe ich gestern gesehen!" „Erik, es reicht!", fuhr ihn die Oberschwester an. „Sonst schicke ich Sie auf die Psychiatrie." Erik sank in sich zusammen. Was sollte er denn noch tun, um die anderen davon zu überzeugen, dass das St. Angela von einer lebensgefährlich giftigen Spinne bedroht wurde?

Als er seinen Spind öffnete, machte er einen Satz nach hinten. Da saß die Vogelspinne! So schnell er konnte, warf er die Spindtür wieder zu. „Sie ist in meinem Schrank!", brüllte er lauthals Oberschwester Irene hinterher. „Eine riesengroße, lebendige Spinne!" Endlich konnte er der Oberschwester beweisen, dass er nicht verrückt war!

Zornschnaubend kam die Oberschwester zurück. „Erik", brüllte sie, „mir scheint, Sie haben ein echtes Problem! Gegen eine Spinnenphobie kann man etwas tun. Es gibt Therapeuten und Selbsthilfegruppen..."

„Bitte öffnen Sie meinen Schrank!", unterbrach Erik sie nervös.

„Sehen Sie?", sagte Erik ängstlich, als die Schwester in den Spind sah. Er hatte sich zur Sicherheit in die hintere Ecke des Ankleideraums verzogen hatte. „Eine Vogelspinne!" „Aus Plastik", ergänzte Oberschwester Irene spöttisch und hielt ihm das Spielzeugtier vor die Nase.

Erik war fassungslos. Da hatte ihm jemand einen üblen Streich gespielt und er ahnte, wer das war! „Meine Geduld ist am Ende", polterte die Oberschwester. „Zunächst streiche ich Ihnen das freie Wochenende und dann machen Sie sofort den Schmutzraum sauber, ehe ich mir Schlimmeres überlege." Erik wollte etwas einwenden. Aber Schwester Irene ließ ihn einfach stehen.

Als Erik mit dem Schmutzraum fertig war, ließ Oberschwester Irene ihn das Badezimmer putzen, dann die Toiletten. Endlich war Mittagspause. Auf dem Flur traf Erik Isabelle, Nils und Michaela, die ihn breit angrinsten. „Ihr habt mir also die Plastikspinne in den Spind gelegt!", stöhnte er auf.

„Du hast uns einen Streich gespielt und jetzt sind wir quitt", gab Nils schadenfroh zurück. „Du bist doch nicht etwa sauer?" Erik machte eine wegwerfende Handbewegung. „Das Problem ist nur", begann er dann vorsichtig. „Ich meine, ich habe die Spinne zweimal gesehen und..." Isabelle, Michaela und Nils stöhnten genervt auf. Also beschloss Erik für sich, den Mund zu halten. Außerdem war er sich langsam selbst nicht mehr sicher, was er gesehen hatte und was er sich nur einbildete.

Am Nachmittag stand Gymnastik auf dem Programm. Oberschwester Irene liebte es ganz besonders, die Pflegeschüler die Übungen nachturnen zu lassen, die sie für die Bewegungstherapie mit den Patienten brauchten. Wie ein General stand sie vor der Klasse und trieb die Schüler an. Gerade hatten sich alle auf den Bauch gerollt und trainierten ihre Bauchatmung. „Ein – aus – ein – aus", kommandierte Oberschwester Irene mit ihrer kräftigen Stimme.

Plötzlich fing Michaela, die neben Erik lag, an zu kichern. „Lass deine Finger bei dir", flüsterte sie ihm zu. „Das kitzelt." „Ich mach' doch gar nichts", gab Erik verwundert zurück und setzte sich auf. Plötzlich wurden seine Augen ganz groß. „Michaela, blieb ganz ruhig liegen!", sagte er atemlos. „Da ist sie!" Michaela wurde ganz starr vor Angst und blieb unbeweglich liegen. Sie wusste zwar nicht, was da war, aber es schien schrecklich zu sein.

Die Pflegeschüler kreischten auf und stoben entsetzt auseinander, denn jetzt sahen sie es auch: Auf Michaelas Rücken saß eine handtellergroße Vogelspinne!

Oberschwester Irene drückte sich wie die anderen an die Wand und starrte entsetzt auf die riesige, schwarze Spinne. Wenn die Spinne zubiss, hatte Michaela kaum eine Chance, weil es sicher Tage dauern würde, bis man in Deutschland ein Gegengift aufgetrieben hatte. „Nicht bewegen", wiederholte sie hilflos.

Doch dann gab Erik sich einen Ruck. Er ergriff ein großes, leeres Glas. Wenn man die Spinne nicht erschreckte und sie einen nicht für eine Beute hielt, so hatte er gestern Abend gelesen, dann biss sie auch nicht zu.

Vorsichtig schob er seine Hand an die Spinne heran. Die Pflegeschüler, einschließlich Oberschwester Irene, trauten sich kaum zu atmen. Die Spinne befühlte Eriks Hand mit ihren haarigen Beinen, dann kletterte sie hinauf. Wie in Zeitlupe hob Erik seine Hand jetzt von Michaelas Rücken weg und streifte die Vogelspinne behutsam in dem Glas ab.

Die Pflegeschüler stöhnten erleichtert auf. Das hatte Erik wirklich toll gemacht! Oberschwester Irene trat auf Erik zu. „Ich muss mich bei Ihnen entschuldigen. Sie haben sehr viel Mut gezeigt."

Isabelle drückte Erik erleichtert einen Kuss auf die Wange. Jetzt kam auch Michaela dazu, die immer noch ganz bleich war und umarmte ihn dankbar.

Erik konnte es einfach nicht lassen, Nils noch einen triumphierenden Seitenblick zuzuwerfen, der zu sagen schien: „Siehst du? *So* macht man Eindruck bei den Mädels!"

6

„Und ihr heiratet?", fragte Isabelle mit gepresster Stimme. Hoffentlich merkten Sven und Angelika nicht, dass ihr zum Heulen zumute war! Sven war ihr Ex, ihre große Liebe, und Angelika eine von den durchschnittlichen Langweilerinnen, nach denen sich auf der Schule noch nie ein Junge umgedreht hatte.

Isabelle hatte Sven nicht mehr gesehen, seit sie sich vor anderthalb Jahren getrennt hatten. Und jetzt lief er ihr im St. Angela über den Weg!

Sven und Angelika wollten Tim besuchen, der gestern Abend mit Pfeifferschem Drüsenfieber in die Klinik eingeliefert worden war, „einer Kusskrankheit", wie Dr. Kühn hämisch bemerkt hatte. Tim war extra aus Kiel nach Hamburg angereist, weil er bei der Hochzeit am Samstag Trauzeuge war. Aber das konnte er sich jetzt abschminken, denn er musste zwei Wochen das Bett hüten.

Isabelle rang sich ein Lächeln ab. „Herzlichen Glückwunsch zur Hochzeit!" Sie küsste die Braut und ihren Exfreund auf die Wangen.

Michaela zog Isabelle in die Wäschekammer, sobald Angelika und Sven in Tims Zimmer verschwunden waren. „Woher kennst du den?", löcherte sie ihre Freundin. „Der sieht ja klasse aus!"

Isabelle sank auf einen Wäschesack. „Mein Ex. Wir waren drei Jahre zusammen. Er hatte einen totalen Besitzanspruch und wollte mich sogar heiraten. Als ich nicht wollte, hat er Schluss gemacht."

Isabelle sah mit leerem Blick vor sich hin. „Und jetzt heiratet er diese graue Maus Angelika", sagte sie bitter. „Na ja, die wird ihm wenigstens nicht weglaufen, weil sie sonst keiner will." „Du bist doch nicht etwa eifersüchtig?", schloss Michaela messerscharf.

Die Patienten wunderten sich über die sonst so freundliche Schwesternschülerin, die heute mit finsterem Blick über die Gänge lief. Während Isabelle neue Handtücher verteilte, führte sie wütende Selbstgespräche, die um Angelika kreisten.

Auf einmal trat ihr Sven in den Weg und hielt sie an der Hand fest. Isabelle bekam sofort weiche Knie. „Wir machen heute Abend eine vorgezogene Hochzeitsparty mit den Freunden", erklärte er ihr. „Ich möchte, dass du auch kommst." Dabei sah er sie mit diesem lieben Blick an, den sie so gut kannte.

Isabelle musste sehr schlucken. Merkte Sven denn nicht auch, wie es immer noch zwischen ihnen knisterte? „Du kannst auch jemanden mitbringen", versuchte

Sven sie zu überreden, als er merkte, dass Isabelle zögerte. „Also, was ist? Kommst du?"

Eigentlich hatte Isabelle überhaupt keine Lust, mitzufeiern, dass Angelika ihren Ex heiratete. Aber schließlich sagte sie doch zu. Sven gab ihr einen kleinen Kuss auf die Wange, ehe er wieder im Krankenzimmer verschwand. Wie verzaubert sah Isabelle ihm hinterher.

Die Stimmung in der Szenekneipe, die das Brautpaar für die Fete angemietet hatte, war schon ziemlich gut, als Isabelle mit Nils eintraf, den sie sozusagen als Verstärkung mitgenommen hatte. Nils hatte einen Augenblick gezögert. Eigentlich wollte er mit Erik das wichtige Fußballspiel St. Pauli gegen den HSV sehen. Aber die Chance, allein mit Isabelle auf eine Fete zu gehen, kam so schnell nicht wieder. Und das gab schließlich den Ausschlag.

Nils ging an die Bar, um für Isabelle einen Cocktail zu bestellen. Er selbst trank heute Abend nur Mineralwasser. „Isa, endlich!" Sven drückte Isabelle kurz an sich. „Ich hab' etwas Wichtiges mit dir zu besprechen." Er nahm sie an der Hand und zog sie in den hinteren Flur.

„Du musst mir ehrlich sagen, wenn du es nicht willst", begann er geheimnisvoll. Isabelle sah Sven verwirrt in die Augen. Er meinte doch nicht etwa...? „Wenn ich was nicht will?", fragte sie hoffnungsvoll. „Ich brauche einen neuen Trauzeugen", rückte Sven jetzt heraus.

Das freudige Strahlen in Isabelles Gesicht erlosch. Deswegen hatte Sven sie in diesen abgelegenen Raum gebracht? Er konnte doch wohl nicht im Ernst von ihr verlangen, dass sie die Hochzeit zwischen Sven und Angelika auch noch auf dem Standesamt unterschrieb! „Ich weiß nicht", versuchte Isabelle sich herauszuwinden. „Es ist mir irgendwie zu nah."

Sven lächelte sein unvergleichliches Lächeln. „Ach komm, Isa! Zwischen uns ist lange Schluss. Das wissen wir beide und inzwischen ist es auch bei Angelika angekommen." Jedes seiner Worte versetzte Isabelle einen Stich, der ihr durch und durch ging. Wenn sie nicht gleich anfangen wollte zu heulen, dann musste sie dieses Gespräch irgendwie beenden. Also sagte sie zu.

Als Nils mit dem Cocktail zurückkam, sah er, dass Isabelle mit Sven tanzte. Sie wirkte ausgelassen. Auf ihrem Barhocker fand er Angelika. Sie hatte schon ziemlich viel getrunken und schickte immer wieder missmutige Blicke zur Tanzfläche.

Nils stellte genervt den Cocktail ab. Er hatte sich auf einen Abend mit Isabelle gefreut und jetzt blieb er auf der Braut sitzen, die überhaupt nicht seinen Vorstellungen von einer Traumfrau entsprach!

„So war es schon immer", lallte Angelika mit glasigem Blick vor sich hin. „Alle Jungs waren in Isabelle verliebt. Und die Mädchen wollten so sein wie sie." Die Musik war jetzt langsamer geworden und Isabelle und Sven tanzten eng umschlungen Blues.

„Vor allem, als sie mit Sven zusammen war", nahm Angelika den Faden wieder auf. „Sie waren das Traumpaar unserer Schule." Mit einem Mal kam sie ganz dicht an Nils heran. „Küss mich", forderte sie ihn aus heiterem Himmel auf.

Aber das war wirklich das Letzte, worauf Nils im Augenblick Lust hatte. Angelika gehörte ins Bett und darum sollte sich gefälligst Sven kümmern! Er stand auf, um ihn zu holen, doch Isabelle und Sven waren von der Tanzfläche verschwunden.

Endlich fand Nils die beiden im hinteren Flur, eng umschlungen und in einen tiefen Kuss versunken. In Nils flammte Eifersucht auf. Er kam sich ausgebootet und abgestellt vor.

Im selben Augenblick kam aus der Kneipe ein Gepolter. Als er sich umblickte, lag Angelika regungslos unter dem Barhocker. Sofort war Nils bei ihr und begann, noch völlig durcheinander, mit Mund-zu-Mund-Beatmung. Doch dann stellte er fest, dass das gar nicht nötig war. Angelika hatte keinen Atemstillstand, sondern war bewusstlos und hatte eine Platzwunde am Kopf. Jetzt kamen auch Isabelle und Sven herbeigestürzt und knieten sich neben Angelika. „Wir brauchen einen Krankenwagen!", rief Sven aufgeregt.

Zwanzig Minuten später tauchten Nils, Isabelle und Sven mit der immer noch bewusstlosen Angelika in der Notaufnahme auf. Dr. Eisenschmidt roch schon von weitem, was mit der Patientin los war. „Alkoholvergiftung", meinte er trocken und rümpfte die Nase. Dann schickte er Isabelle und Sven, die ihn aus glasigen Augen ansahen, nach Haus. Nur Nils behielt Eisenschmidt leider da. Weil er den ganzen Abend Wasser getrunken hatte, musste er Dr. Eisenschmidt helfen, Angelikas Platzwunde, die sie sich beim Sturz vom Barhocker zugezogen hatte, zu verarzten.

Am nächsten Morgen klopfte Michaela an Isabelles Tür, um sie zum Dienst abzuholen. Aber Isabelle lag noch in den Kissen und kriegte kaum die Augen auf. „Ein ziemlich ungünstiger Zeitpunkt, sich in seinen Exfreund zu verlieben", meinte Michaela spöttisch, als sie die Fotos sah, die immer noch über die Bettdecke verstreut lagen. Alle Fotos zeigten dasselbe: Isabelle und Sven in inniger Umarmung.

„Wovon redest du?", nuschelte Isabelle schlaftrunken und drehte sich auf die andere Seite. Zum Glück hatte sie heute Spätdienst und konnte so ihren Kater noch ein bisschen ausschlafen.

Michaela setzte sich zu ihr ans Bett. „Mir machst du nichts vor. Du hast Sven wiedergesehen und es hat eingeschlagen wie eine Bombe." An Isabelles kläglichem Grunzen merkte sie, dass sie richtig lag. Sie dachte nach. „Du musst ihm sagen, dass du ihn immer noch liebst", sagte sie entschlossen.

Isabelle wühlte sich aus ihren Kissen heraus. „Bist du wahnsinnig?" „Das ist doch alles ganz einfach", erklärte Michaela. „Entweder Sven liebt Angelika, dann lässt er dich abblitzen. Das tut weh, aber du weißt, woran du bist. Oder er liebt dich. Dann lässt er die Hochzeit platzen und rettet sich vor dem Fehler seines Lebens."

Michaela stand auf. Sie musste jetzt wirklich los. Isabelle blieb sehr verwirrt und ziemlich nachdenklich zurück. Was Michaela gesagt hatte, leuchtete irgendwie ein. Aber sie würde es sich nie im Leben trauen, Sven so die Pistole auf die Brust zu setzen!

7

Isabelle hatte tiefe Ringe unter den Augen, als sie am Mittag im St. Angela erschien. Michaelas Worte gingen ihr nicht aus dem Kopf. Im Schwesternzimmer traf sie auf Nils, der sie mit giftigen Blicken empfing. Er war immer noch wütend und beleidigt, weil Isabelle ihn gestern Abend mit Angelika hängen gelassen hatte.

Und dann gab es da noch ein Problem: Angelika hatte in der Nacht eine Fehlgeburt gehabt. Zu viel Alkohol und der Sturz vom Barhocker hatte Eisenschmidt als Ursache diagnostiziert. Anklagend sagte Nils: „Ich hätte es einfach nicht von dir gedacht, Isabelle!"

Isabelle war richtig erschrocken. Sie hatte wirklich nicht gewusst, dass Angelika schwanger war! Aber weil Angelika ihr Baby verloren hatte, ließ sie sich noch lange nicht von Nils so runtermachen!

„Du redest gerade so, als hätte ich sie vom Barhocker gestoßen", ging sie zum Gegenangriff über. „Was kann ich dafür, dass sie so viel trinkt?"

Nils bekam ganz kleine Augen vor Zorn. „Warum hat sie denn so viel getrunken?", fragte er mit höhnischer

Stimme. „Weil *du* auf *ihrer* Hochzeitsparty *ihren* Bräutigam angebaggert hast!" „Du bist ja nur eifersüchtig!", warf Isabelle ihm hin und rauschte aus dem Zimmer.

Nils sah ihr in ohnmächtigem Zorn hinterher. Dass Isabelle unter die Gürtellinie ging, um das letzte Wort zu behalten, war einfach nicht fair. „Ich gewöhne mir die Eifersucht gerade ab, Isabelle", murmelte er vor sich hin. Plötzlich hörte sich seine Stimme traurig an. „Jedesmal wird es ein bisschen weniger."

Als Isabelle am Nachmittag gerade ihre Kaffeepause beenden wollte, kam Sven in die Cafeteria. Isabelle hatte erwartet, dass Sven wegen Angelikas Fehlgeburt ganz aufgelöst war, aber er wirkte erstaunlich ruhig. Sie lud ihn auf einen Kaffee ein und begann ihn vorsichtig auszuhorchen.

„Das mit dem Baby tut mir leid", sagte sie betreten. „Meinst du, Angelika nimmt es sehr schwer?" Sven schüttelte nachdenklich den Kopf. „Als sie erfuhr, dass sie schwanger ist, wurde sie richtig panisch." Er sah vor sich hin. „Wir wollten eigentlich beide noch kein Kind. Aber wenn eins unterwegs ist, freust du dich schon drauf..."

„Ihr musstet also heiraten", bohrte Isabelle nach. „Ohne die Schwangerschaft hätten wir nicht geheiratet", gab Sven zu. „Wir hatten sogar gerade eine ziemliche Krise..."

Isabelle bekam immer größere Ohren. Also war es genau so, wie Michaela am Morgen vermutet hatte! Jetzt ging sie in die Offensive. „Ich habe es geahnt, dass du zu denjenigen gehörst, die vor lauter Pflichtbewusstsein ihre wahren Gefühle vergessen." Sie warf Sven einen bedeutungsschweren Blick zu. „Wie meinst du das?", fragte Sven. Isabelle sah sich ihrem Ziel schon ganz nah. Plötzlich begann ihr Gewissen Purzelbäume zu schlagen. Es war das Hinterletzte, was sie da vorhatte! Doch dann gab sie sich einen Ruck: Denn schließlich konnte eine kleine Frage klären, ob Sven in Wirklichkeit *sie* liebte.

„Als wir uns gestern geküsst haben", begann sie ein wenig zögernd, „da ist mir klar geworden..." „Du schuldest mir eine Woche Abwasch", überfiel Erik sie von hinten und setzte sich zu ihnen. „Ich störe doch nicht?", fragte er mit breitem Grinsen und lenkte das Gespräch auf den WG-Putzplan.

Isabelle hätte Erik erdrosseln können! So viel Mut wie eben würde sie in ihrem ganzen Leben nicht mehr aufbringen. Jetzt würden die Dinge ihren Lauf nehmen!

Zur selben Zeit wurde Nils, der gerade den Nachmittagskaffee auf die Zimmer brachte, zufällig Zeuge eines Gesprächs zwischen Angelika und Tim. „Ihr müsst doch gar nicht mehr heiraten, wenn du nicht mehr schwanger bist", versuchte Tim Angelika zu beruhigen, die weinend ihren Kopf an seine Brust drückte. „Ich kann es Sven nicht antun", schluchzte Angelika. „Aber du liebst ihn doch gar nicht..."

Am nächsten Morgen erschien Herr Levinsky, Angelikas Schneider, mit einem wunderschönen Hochzeitskleid im

St. Angela. Es war höchste Zeit, dass die letzten Nähte abgesteckt wurden, denn das Kleid musste ja übermorgen fertig sein, erklärte er ihr mit einem leichten polnischen Akzent.

Angelika nickte ergeben. So verfahren, wie die Situation gerade war, war ihr im Augenblick alles egal! Doch da kam Oberschwester Irene und entführte sie zu Dr. Falkenberg ins Untersuchungszimmer.

Herr Levinsky schimpfte leise in seinen Bart hinein. Er hatte einen engen Terminplan und konnte nicht lange warten! Doch als Isabelle mit den Medikamenten kam, hellte sich seine Miene wieder auf. „Sie haben gleiche Größe", schwatzte er drauf los und führte Isabelle in die Ankleideecke, ohne auf ihren Widerspruch zu achten. Ehe sie es sich versah, hatte der polnische Schneider sie schon in das Hochzeitskleid gesteckt. „Ist gleich fertig..." grinste er und begann den Saum abzustecken.

Doch plötzlich stieß er leise einen polnischen Fluch aus, denn ihm waren die Stecknadeln ausgegangen. Er bat Isabelle, kurz zu warten, und lief zu seinem Auto.

Isabelle stellte sich vor den Spiegel und betrachtete sich von allen Seiten. Angelikas Hochzeitskleid war wirklich ein Traum, viel zu schade für die graue Maus!

Plötzlich stand Sven im Zimmer. Sprachlos starrte er sie an. So hatte Isabelle in seinen schönsten Träumen ausgesehen. „Es ist so verrückt...", stotterte er verwirrt. Langsam trat er auf sie zu. Er konnte nicht anders. Zärtlich nahm er sie in den Arm und die beiden begannen sich leidenschaftlich zu küssen.

„Gratuliere, Isabelle, du hast es geschafft!", kam es in diesem Augenblick von der Tür. Isabelle und Sven fuhren erschreckt auseinander. Angelika war unbemerkt hereingekommen. Böse funkelte sie die beiden an.

Sven suchte verzweifelt nach einer Entschuldigung. „Es ist aus, Sven", stammelte Angelika. „Vergiss die Hochzeit." Plötzlich begann sie zu weinen und rannte aus dem Zimmer.

„Warte, Angelika!", stieß Sven entsetzt aus und rannte ihr nach. Auch Isabelle stürzte den beiden hinterher. Doch dann verhedderte sie sich im Tüll des Unterrocks und schlug lang hin. Sofort spürte sie einen stechenden Schmerz im Knöchel. Der war bestimmt übel verstaucht, vielleicht sogar gebrochen!

Plötzlich stand Nils vor ihr, der anklagend auf sie heruntersah. Wortlos half er ihr auf und stützte sie auf dem Weg zum Schwesternzimmer.

„Ich bin eine hässliche, räudige Hyäne!", jammerte Isabelle, während Nils schweigend ihren verstauchten Knöchel bandagierte. Was sie getan hatte, würde sie sich im Leben nicht verzeihen können! Sie verstand sich selbst nicht mehr. Jahrelang war es ihr egal gewesen, dass Sven sich nicht bei ihr meldete. Und plötzlich hatte sie getan, als könnte sie ohne ihn nicht leben.

„Es geht dir doch gar nicht um Sven", warf Nils plötzlich bitter ein. „Du musstest dir doch bloß etwas beweisen." Isabelle riss erstaunt die Augen auf. Wie redete Nils denn mit ihr? „Du kannst es doch nur nicht ertragen, dass Sven dir nicht ein Leben lang hinterherweint", hielt Nils ihr vor.

Isabelle stritt Nils' Vorwürfe aufgebracht ab. Woher wollte Nils wissen, was sie wirklich für Sven empfand?

„Außerdem nimmst du dich viel zu wichtig!", unterbrach Nils sie spöttisch. „Denkst du wirklich, die Hochzeit platzt, nur weil Sven und dich die Wehmut packt? Nein, Isabelle! Da läuft etwas anderes im Hintergrund ab, das gar nichts mit dir zu tun hat."

Nils wusste, wovon er redete – er hatte schließlich das Gespräch zwischen Tim und Angelika belauscht. Den Rest hatten ihm Angelikas Laborwerte verraten: Angelika, hatte, genau wie Tim Seiler, die Kusskrankheit, das Pfeiffersche Drüsenfieber! Und dass Angelika die Hochzeit so schnell platzen ließ, war für Nils nur ein weiteres Zeichen dafür, dass sie eigentlich gar nicht Sven wollte, sondern Tim, der sie gestern so liebevoll getröstet hatte.

Isabelles Augen wurden immer größer, während Nils erzählte. „Sie hat auch das Drüsenfieber?", fragte sie dann tonlos. Nils grinste sie schadenfroh an. „Und vermutlich auch Sven und jetzt du. Die Infektionskette verläuft eben übers Küssen: Tröpfcheninfektion." Isabelle schlug entsetzt die Hand vor den Mund. Auch das noch!

Aber eins musste sie noch loswerden. „Du kannst dir deine Schadenfreude sparen", sagte sie giftig. „Hast du Angelika nicht beatmet, als sie vom Hocker fiel?" Nils Grinsen gefror zu einer Grimasse.

Sven saß unterdessen an Angelikas Bett und forderte eine klare Antwort. Eben hatte Dr. Falkenberg ihm mitgeteilt, dass er möglicherweise ebenfalls mit dem Mononukleose-Virus infiziert war.

„Du warst vorletztes Wochenende bei Tim in Kiel und nicht bei deiner Tante, stimmt's?" Angelika wurde rot. „Sven, es ist wirklich nichts passiert!", versuchte sie sich zu verteidigen. Aber jetzt glaubte Sven ihr gar nichts mehr. „Ist das Kind etwa auch von ihm?" Angelika schüttelte hilflos den Kopf und begann zu schluchzen. Wie konnte Sven nur so etwas von ihr denken?

Als Isabelle an Tims Zimmer vorbeikam, hörte sie von drinnen lautes Gebrüll. „Du liebst Angelika ja sowieso nicht!", schrie Tim wutentbrannt. „Die Idee mit der Hochzeit kam doch nur, weil sie schwanger war!" Als Isabelle die Tür aufriss, war drinnen die schönste Keilerei im Gange.

Sofort ging Isabelle dazwischen und versuchte Tim und Sven zu trennen. Jetzt kam auch Angelika dazu. „Tim, lass dich nicht provozieren." Tim sah auf und ein glückliches Lächeln flog über sein Gesicht. Sofort ließ er von Sven ab und nahm Angelika in den Arm. „Lassen wir die beiden allein", sagte Angelika kühl und zog Tim nach draußen.

Sven und Isabelle sahen sich verlegen an. „Und jetzt?", fragte Isabelle, nachdem sie sich eine Weile angeschwiegen hatten. Sven zuckte unschlüssig mit den Schultern. „Die Hochzeit abblasen, die Gäste ausladen und nach

Haus gehen. Angelika und Tim haben sich ja offensichtlich gesucht und gefunden." Isabelle nickte. Das sah allerdings ganz so aus!

„Und was ist mit uns?", fragte Sven jetzt mit warmer Stimme. Er hatte diesen gewissen Blick, den sie so gut kannte. „Wir sollten es nochmal versuchen." Als Isabelle nicht antwortete, strich er ihr sanft eine Strähne aus dem Gesicht. „Es hat sich doch nichts geändert mit unseren Gefühlen?", fragte er, jetzt schon ein bisschen unsicherer.

Isabelle sah nachdenklich zu ihm auf. Mit einem Mal wurde ihr klar, dass sich tatsächlich sehr wenig verändert hatte – auch nicht Svens Klammergriff, wegen dem vor anderthalb Jahren ihre Beziehung gescheitert war. Und mit einem Mal wusste sie, dass Nils' Beobachtung richtig gewesen war. Sie hatte tatsächlich geglaubt, dass sie Sven noch liebte. In Wirklichkeit hatte sie ihn nur nicht der anderen gegönnt.

Isabelle holte tief Luft. „Ich glaube, ich habe nur geflirtet, um mir etwas zu beweisen", gab sie beschämt zu. Entsetzt trat Sven einen Schritt zurück. „Du hast mit mir gespielt?", fragte er fassungslos. Isabelle schüttelte den Kopf. „Das nicht. Ich hab eine schöne Erinnerung zurückgeholt. Aber mehr war es nicht." Sven sank in sich zusammen. „Dann habe ich in den letzten Tagen also zwei Frauen verloren", sagte er kläglich.

Isabelle strich ihm liebevoll durchs Haar. „Wieso?", lächelte sie ihn an. „Ab jetzt werden wir uns nicht mehr aus den Augen verlieren. Lass uns Freunde bleiben."

Sven versuchte ein Lächeln. Ein letztes Mal küsste er Isabelle, ehe er sich zum Gehen wandte.

Das Pfeiffersche Drüsenfieber – so hatten es Nils und Isabelle gelernt – bricht nach einer Inkubationszeit von vierzehn Tagen aus. Es wird begleitet von Kopf-, Glieder- und Bauchschmerzen. Die Lymphdrüsen und die Mandeln schwellen an.

Nils und Isabelle lagen, jeder auf einem anderen Zimmer, auf der Inneren und ertrugen geduldig die Untersuchungen von Dr. Falkenberg. An den hämischen Bemerkungen von Erik und Michaela hatten sie schon mehr zu knabbern.

„Schade, dass ich die Hochzeitsparty verpasst habe", grinste Erik die beiden Kranken an. „Endlich mal wieder eine richtige Knutschfete und ich war nicht dabei!"

8

„Das ist jetzt wirklich meine Traumfrau!" Erik ließ seine Worte wirken und starrte verliebt in die Gegend. Isabelle und Michaela saßen mit Erik in der Cafeteria und hörten gelangweilt seinen begeisterten Beschreibungen von seiner neuen Flamme zu. Die Neue hieß Lara. Erik hatte sie in irgendeiner Disco aufgegabelt und hielt sie jetzt für das schönste Mädchen Hamburgs.

Es war jedesmal dasselbe, wenn Erik ein neues Mädchen kennen lernte. Eine Woche lang schwärmte er allen etwas vor und dann löste sich seine große Liebe plötzlich in Luft auf.

„Wie sie mich ansieht!", schwärmte Erik weiter. „Irgendwie strahlt sie von innen." Jetzt wurden schon die drei aufgepeppten Mädchen am Nachbartisch auf Erik aufmerksam. Neugierig sahen sie zu Erik hinüber und kicherten jedesmal los, wenn er eine neue Beschreibung seiner Traumfrau losließ. „Der ist ja verknallt wie eine Mickey Mouse", sagte die Blonde so laut, dass Erik es hören musste. Erik fuhr herum und warf den dreien einen vernichtenden Blick zu. „Mischt euch nicht in das

Gespräch von Erwachsenen, ja?" Dann wandte er sich wieder an Isabelle und Michaela.

„Sie wartet heute Abend in der WG auf mich", seufzte Erik verliebt. „Du hast ihr den Schlüssel zur WG gegeben?" Isabelle fand, jetzt ging Erik eindeutig zu weit. Er hatte ihr seine Lara ja noch nicht einmal vorgestellt! „Außerdem hast du Nachtdienst", warf Michaela ein. „Du kannst heute Abend gar nicht." Erik winkte lässig ab. „Hab' ich mit Oberschwester Irene schon alles geregelt! Wenn heute Abend keine Neuzugänge kommen, kann ich um sieben Uhr weg." Die drei Schülerinnen in Eriks Rücken steckten die Köpfe zusammen und begannen zu tuscheln.

In diesem Augenblick tönte die Stimme von Schwester Irene über den Lautsprecher: „Schwester Isabelle, Schwester Michaela, bitte in die Notaufnahme!" Isabelle und Michaela stöhnten auf. Ihnen hatte die Oberschwester noch nie früher freigegeben. Ihr Spätdienst dauerte bis sieben Uhr und die Oberschwester würde sie keine Minute eher gehen lassen.

Erik bleib noch eine Weile sitzen. Selbstvergessen lächelte er vor sich hin. Die drei Mädchen in den bauchfreien Tops stießen sich an. Jetzt war die Gelegenheit für sie gekommen, den Provinz-Casanova zu testen. Wenn sie ihn ein bisschen angruben, hatte er seine Lara garantiert im Handumdrehen vergessen!

Erik wusste gar nicht, wie ihm geschah. Plötzlich war er von den drei Girlies umringt, die ihn von allen Seiten betätschelten. „Hi, Süßer!", flirtete Carla mit der blonden Mähne ihn an. „Was hältst du denn von drei Schönheiten auf einmal?" Erik wurde kurz verlegen. Die drei Mädels sahen nicht mal schlecht aus. Aber so, wie sie ihm ins Gesicht grinsten, war klar, dass sie sich mit ihm einen Spaß machen wollten.

Wie Kletten legten die beiden Mädchen mit den wippenden Zöpfchen, Floriane und Daggi, ihm die Arme um die Schultern. Erik machte sich los und sprang auf. „Was will ich mit drei toupierten Meerschweinchen", warf er ihnen hin und verschwand durch die Schwingtür. Der Nachtdienst hatte schließlich vor fünf Minuten angefangen.

Carla, Floriane und Daggi sahen ihm wütend hinterher. „Toupierte Meerschweinchen!" Das hatte gesessen! Aber dieser Erik sollte sich nicht zu früh freuen. „Das gibt Rache!", murmelte Daggi dumpf. Carla und Floriane nickten finster.

Michaela war hin und weg von Jörn, einem fünfundzwanzigjährigen Patienten, der gestern mit einem Oberarmbruch und schweren Prellungen eingeliefert worden war. Jörn hatte für eine Filmfirma ein Auto Probe gefahren. Dabei hatte er einen schweren Unfall gebaut.

„Solange es so hübsche Schwestern gibt, überschlage ich mich gern mit dem Auto", lächelte er Michaela an, als sie ihm den Nachmittagskaffee brachte. Michaela wurde ganz verlegen. Jörn hatte etwas von einem französischen Schauspieler, fand sie. Mit seiner charmanten Art würde er garantiert Filmkarriere machen und nicht nur als Crashfahrer!

„Seinen Hals für so eine Stuntnummer zu riskieren, zahlt sich das aus?", fragte Michaela. Jörn nickte. „Hier in Hamburg könnte ich sofort in einer Autowerkstatt als Mechaniker anfangen. Aber das ist nichts für mich", winkte er lässig ab. „Ich brauch' das Abenteuer."

Michaela hörte gebannt zu. „Im Parkstudio Babelsberg, da gibt es einen Regisseur, der mich haben will", erzählte Jörn weiter. „Da stimmt dann wenigstens auch die Kohle."

Als Isabelle wenig später auf Jörns Zimmer kam, um das Kaffeegeschirr wieder abzuräumen, stürmte eine attraktive Blondine wutentbrannt herein, die offensichtlich zur Filmcrew gehörte. „Der Regisseur ist stocksauer!", fauchte sie Jörn an. „Kleine Mechaniker, die sich einbilden, sie wären große Stuntfahrer, kann er nicht gebrauchen! Du bist gefeuert!"

„Ich hab' eine Probefahrt gemacht", entschuldigte Jörn sich kleinlaut. „Ich wollte doch bloß gucken, ob es funktioniert!"

Aber Svenja wollte nichts mehr hören. Sie hatte die Nase voll von Jörns Alleingängen! „Du solltest das Auto präparieren und für die Kameras langsam die Strecke abfahren! Jetzt ist das Auto Schrott und ein Drehtag verloren!"

Jörn verzog das Gesicht, als Svenja wütend abrauschte. Das sah allerdings gar nicht gut für ihn aus! Endlich hatte er über Svenja Kontakte zu einer Filmfirma geknüpft und jetzt stand er wieder ganz am Anfang!

Doch als Michaela ihn zur Gymnastik abholte, merkte man ihm die Pleite, die er gerade erlebt hatte, nicht mehr an. „Wenn du erst mal in dem Stunt-Zirkus drin bist, dann läuft das alles wie von selbst", plusterte er sich auf. „Natürlich kann man in Deutschland nicht viel reißen. Die Top-Firmen sitzen alle in Hollywood."

Michaela, die seine Füße gerade am Beintrainer festschnallte, schaute ungläubig auf. „Und was ist mit deinem sicheren Job in der Werkstatt?" Jörn winkte lässig ab. „Möchtest du mit einem Typen zusammen sein, der gerade mal zweitausend netto im Monat nach Haus bringt?"

Michaela zögerte. Es klang sicher ziemlich spießig, was sie sagen wollte. Aber wieso sollte sie Jörn etwas vormachen? „Mir ist egal, was er verdient", gab sie offen zu. Jörn sah einen Augenblick sehr verblüfft aus. Doch dann bekam er wieder seinen abgebrühten Blick. „Und was ist dir nicht egal?", flirtete er Michaela an und sah ihr tief in die Augen. Michaela spürte, dass es heftig zwischen ihnen knisterte. Ihre Gesichter waren sich auf einmal sehr nah. „Möchtest du mitkommen nach Hollywood?", fragte Jörn mit sanfter Stimme.

Um Punkt sieben Uhr lief Erik Richtung Ausgang. Er hatte Glück gehabt: Es gab keine Neuzugänge auf der Station, also hatte er frei. Und jetzt freute er sich auf einen wunderschönen, romantischen Abend mit Lara.

Doch plötzlich tönte dir schneidende Stimme der Oberschwester über den Flur: „Erik! Wir haben Neuzugänge!" Erik fuhr herum. „Ich war gerade noch oben", widersprach er. „Es war niemand da." „Jetzt *ist* jemand da", antwortete Oberschwester Irene ungerührt und schob ihn vor sich her in die Notaufnahme.

Als Erik den Behandlungsraum betrat, traute er seinen Augen nicht. Auf den drei Liegen lagen dort nebeneinander die schreiend bunten Girlies, die ihm schon in der Cafeteria auf die Nerven gegangen waren, und grinsten verschlagen. Dr. Eisenschmidt, der gerade Florianes Bauch abtastete, schaute auf. „Verdacht auf Lebensmittelvergiftung", informierte er die Oberschwester. „Wahrscheinlich haben sie verdorbene Pommes Frites gegessen. Wir behalten sie sicherheitshalber hier."

Erik schaltete sich ein „Sind die denn wirklich krank?", fragte er Dr. Eisenschmidt. Vor zwei Stunden jedenfalls hatte man von Bauchschmerzen bei den dreien noch nichts gemerkt.

Die Oberschwester warf Erik einen strafenden Blick zu. Jetzt ging Erik aber wirklich zu weit! Nur weil er vom Nachtdienst befreit sein wollte, stellte er die armen Patientinnen als Simulanten hin!

„Bringen Sie die jungen Damen auf ihr Zimmer", ordnete die Oberschwester an. Ihr Ton duldete keine Widerrede. Bis Mitternacht würden die Blutproben da sein. Dann konnte Dr. Eisenschmidt die weitere Behandlung festlegen. Und bis dahin musste Erik auf der Station bleiben, ob es ihm passte oder nicht!

Erik verdrehte die Augen. Bis Mitternacht! Damit war sein romantischer Abend mit Lara gestorben. Er würde frühestens um eins zu Haus sein!

Michaela war furchtbar enttäuscht. Sie hatte Isabelle vorgeschwärmt, wie erfolgreich Jörn als Stuntman war und dass er sie zu seinem nächsten Dreh mitnehmen wollte. Aber Isabelle nahm ihr den Wind aus den Segeln. Sie wusste ja, dass Jörn vom Regisseur 'rausgeworfen worden war und dass er alles andere als ein gefragter Stuntman war. „Außerdem werdet ihr dann wohl zu dritt fahren", fügte sie spöttisch hinzu. „Eben hat er nämlich einer von den Girlies, die sich auf der Station 'rumtreiben, das selbe Angebot gemacht."

Michaela fuhr herum. „Du bist doch nur neidisch!" Floriane schlenderte gerade am Schwesternzimmer vorbei. „Frag' sie doch selbst", gab Isabelle gelassen zurück.

Tatsächlich stellte sich heraus, dass Isabelle die Wahrheit gesagt hatte. Michaela musste kurz schlucken, so enttäuscht war sie. Wütend stellte sie Jörn zur Rede, der in seinem Rollstuhl im Fernsehraum saß. Wie konnte er sie so zum Narren halten? „Bitte versteh' mich", sagte

Jörn geknickt. „Mit mir ist einfach die Phantasie durchgegangen. Erst kam der Unfall, dann der Rausschmiss... Ich hab einfach ein bisschen vor mich hingesponnen." Entschuldigend legte er die Hand auf ihren Arm. Doch Michaela schüttelte sie unwillig ab. „Ich nenne sowas lügen!"

Jörn schaute betreten zu Boden. Dann gab er sich einen Stoß. „Michaela, ich habe mich wirklich in dich verliebt", begann er leise. „Und ich dachte, ein Mechaniker ist dir zu wenig."

Michaela sah ihm überrascht ins Gesicht. Jörn meinte es wirklich ernst, das spürte sie. Trotzdem: Für sie war es vorbei. Sie schüttelte den Kopf. „Ich fand dich auf den ersten Blick toll", sagte sie nachdenklich. „Du hättest Hollywood gar nicht gebraucht. Aber jetzt..."

„...nicht mehr", ergänzte Jörn tonlos.

Michaela nickte. „Du gefälllst mir immer noch – aber nur noch äußerlich." Sie drückte ihm einen kleinen Kuss auf die Wange. „Es genügt mir, wenn ich dich mal in irgendeinem Film als Crashfahrer wiedersehe. Viel Glück!" Sie schulterte ihre Tasche und ließ Jörn im Fernsehzimmer zurück, der traurig vor sich hinsah.

Jetzt ertönte schon wieder die Schwesternklingel! Erik stieß einen wüsten Fluch aus. Seit zwei Stunden scheuchten Floriane, Daggi und Carla ihn nun schon herum. Mal hatten sie Durst, dann schmeckte ihnen die Medizin nicht oder sie behaupteten einfach, ihnen ginge es akut schlechter.

Wütend riss Erik die Tür zu Zimmer 403 auf. „Auf weißen Laken bekomme ich Pickel!", jammerte Floriane ihm entgegen. Erik schnappte nach Luft. So viel Frechheit war ihm wirklich noch nie begegnet!

„Ihr habt so wenig Bauchweh wie ich!", redete er Klartext. „Ihr wollt mir bloß den Abend versauen." „Stimmt!", grinsten die Mädchen zurück. „Aber weiß das auch Oberschwester Irene?" Erik blieb die Spucke weg. Wutentbrannt trat er an Daggis Bett, um sie mal ordentlich durchzuschütteln. Sie schlug einladend die Bettdecke zurück und flötete verführerisch: „Komm zu mir, Schatz!"

Erik machte sofort einen Rückzieher. Von der Oberschwester mit einem der Mädchen im Bett erwischt zu werden, das hatte ihm gerade noch gefehlt! Erik war mit seinem Latein am Ende. „Warum macht ihr das eigentlich? Was habe ich euch getan?" „Du hast uns abblitzen lassen."

Wenn das alles war! Erik hätte noch ganz andere Sachen gemacht, um endlich zu Lara in die WG zu können. „Also gut", sagte er plötzlich mit honigsüßer Stimme. „Ich nehm' das mit den Meerschweinchen zurück. Ihr seid alle richtig sexy und seht klasse aus." Die drei warfen sich anerkennende Blicke zu. Endlich hatte der Junge mal was kapiert! Doch sofort fiel Erik wieder in den alten Ton zurück. „Und jetzt geht nach Haus", pampte er. „Das war's."

Carla, Daggi und Floriane grinsten frech zurück. Das entschieden allein sie, wann sie genug Rache an

Erik geübt hatten. Eben kam Oberschwester Irene ins Zimmer. „Wir brauchen noch die Urinprobe der Mädchen", teilte sie Erik mit. „Und, übrigens, eine Lara hat für Sie angerufen. Sie klang sehr verärgert."

Carla, Daggi und Floriane konnten ihre Freude über diese Nachricht nur schwer verbergen. „Oberschwester?", meldete Floriane sich jetzt weinerlich zu Wort. „Dürfen wir bunte Bettwäsche haben? In weißer fühle ich mich noch kränker." „Die Mädchen sind gar nicht krank", wandte Erik sich erbost an die Oberschwester. Aber sofort bekam Schwester Irene ihren strengen Blick. Jetzt fing Erik schon wieder damit an! Wie zur Strafe schickte sie ihn auf die Kinderstation, um dort nach bunter Bettwäsche zu suchen.

Endlich hatte Erik die drei Betten unter dem Gekicher und den spöttischen Bemerkungen der Mädchen neu bezogen. „Ich bin auf die Laborwerte eurer Urinproben gespannt", sagte er schadenfroh, als er das Zimmer verließ. „Dann fliegt ihr nämlich auf!" Die Mädchen sahen sich betreten an. Erik hatte recht. Lange konnten sie der Oberschwester dieses Theater nicht mehr vorspielen.

Lara war stocksauer, als Erik sie in der WG zurückrief. So hatte sie sich den romantischen Abend nicht vorgestellt! „Ich bin spätestens in einer Stunde da", versuchte er verzweifelt, sie zu beruhigen. „Irgendwie kriege ich das schon hin."

Als er den Hörer aufgelegt hatte, stöhnte er auf. Lara hatte ihn ziemlich zickig zusammengestaucht. Dabei war es doch gar nicht seine Schuld, wenn er so spät nach Haus kam! Seine Sehnsucht nach ihr bekam eine kleine, aber deutliche Schramme.

In diesem Augenblick brachte Carla die Urinproben an den Stationsempfang. Erik vergaß seinen ganzen Stolz. Immerhin stand gerade seine Beziehung zu Lara auf dem Spiel! „Sagt bitte der Oberschwester die Wahrheit!", bat er kläglich. „Den Unsinn mit den Meerschweinchen habe ich doch nur gesagt, weil ich im Augenblick total verliebt bin. Da spielen eben die Hormone verrückt."

Carla überlegte kurz und dann schlug sie einen Handel vor. „Ich glaube, als Gegenleistung solltest du mich küssen." Erik traute seinen Ohren nicht. Fuhren die Mädchen tatsächlich so auf ihn ab, dass ihnen sogar ein Kuhhandel recht war? „In einer halben Stunde in der Fernsehecke", legte Carla fest. „Danach hauen wir ab."

Erik war völlig verwirrt. Hatte er wirklich solchen Eindruck auf die drei Schülerinnen gemacht, dass sie zu solchen Mitteln griffen, um ihn 'rumzukriegen? Aber da täuschten sie sich gründlich, wenn sie dachten, so würde er anspringen. Er würde die Küsserei erledigen und dann nichts wie nach Haus zu Lara!

Carla tauchte zur verabredeten Zeit in der Fernsehecke auf. Sofort zog sie Erik zu sich heran, aber der wehrte misstrauisch ab. „Hast du mit den anderen gesprochen?", fragte er. „Hab ich. Geht alles klar", gab Carla lässig zurück und schlang die Arme um seinen Hals.

Plötzlich leuchtete das Blitzlicht eines Fotoapparates auf, dann hörte man das Geräusch einer Polaroid und hinter dem Regal zum Gang begann es zu kichern. „Dr. Mabuse vernascht hilflose Patientin!", lachte Floriane ihn aus. Erik wurde knallrot vor Zorn. Schon wieder hatten die drei ihn 'reingelegt. Hilflos brüllte er Floriane hinterher: „Gib mir das Foto!" Aber schon waren die drei Mädchen im Fahrstuhl verschwunden.

„Erik, ich weiß nicht, für wie dumm Sie mich halten!", empfing die Oberschwester Erik im Stationszimmer und hielt ihm vorwurfsvoll das Tablett mit den Urinproben unter die Nase. „Sie haben Apfelsaft genommen, weil Sie möglichst schnell nach Haus wollten."

Erik schüttelte hilflos den Kopf. Wie sollte er die Oberschwester nur davon überzeugen, dass die Mädchen wirklich simulierten und einen Streich nach dem anderen gegen ihn ausheckten? „Oberschwester", begann er aufgeregt. „Die Mädels finden mich umwerfend und das Bauchweh haben sie nur erfunden, um in meiner Nähe zu sein."

Bei so viel Überheblichkeit fehlten Schwester Irene die Worte. „Am besten, wir fragen die Mädchen selbst", meinte sie kalt und zog Erik hinter sich her zu.

Aber auf Zimmer 403 waren die Betten leer. Auf dem Tisch lag ein Zettel. „Hi, Süßer", stand da. „Man sieht sich immer zweimal im Leben!" Schwester Irene nahm ihre Lesebrille von der Nase und warf Erik einen langen Blick zu. Dann hatte der Pflegeschüler ihr tatsächlich ausnahmsweise einmal die Wahrheit gesagt! „Dann aber ab nach Hause", sagte sie mit einem versteckten Lächeln, „bevor ein weiterer Neuzugang kommt."

So schnell er konnte, radelte Erik nach Haus. Auf dem Weg hatte er bei einem Straßenhändler noch eine langstielige rote Rose erstanden.

In der Wohnung war alles dunkel. Sicher war Lara schon ins Bett gegangen. Als er auf sein Zimmer kam, tastete er sich im Dunkeln vorsichtig zum Bett vor, denn er wollte sie mit einem Kuss überraschen. Doch plötzlich ging das Licht an und Carla, Floriane und Daggi grinsten ihm aus den Kissen entgegen.

Erik prallte zurück. „Wo ist Lara?", fragte er verwirrt. „Ihr hat das Foto nicht gefallen", prustete Floriane los. Entgeistert ließ Erik sich auf dem Bettrand nieder. Die drei hatten es geschafft! Lara konnte er sich abschminken. „Warum habt ihr mir das angetan?", fragte er verzweifelt. „Du bist einfach zu süß!", gab Carla trocken zurück und strich ihm tröstend durch die Haare. „Wir finden dich einfach toll", schmachtete Daggi ihn an. „Und wir gönnen dich keiner anderen", ergänzte Floriane kichernd.

Erik nahm sich eine Wolldecke und verzog sich aufs Sofa im Wohnzimmer. Wehmütig dachte er über den ver-

masselten Abend nach. Aber als er einschlief, lag ein leises Lächeln auf seinem Gesicht. Isabelle und Michaela
würden staunen, wenn sie morgen früh in seinem Bett
gleich drei Mädchen entdeckten!

9

Erik und Nils drückten sich an der Scheibe zum Probenraum der Tanzschule „Caprese" die Nasen platt. „Wenn man ein guter Tänzer ist, kommt man an die schönsten Frauen 'ran." Erik stieß Nils bedeutungsvoll in die Rippen.

Aber Nils fand das überhaupt nicht zum Lachen. Er war in der vergangenen Woche mit Isabelle in der Disco gewesen und hatte sich vor ihr bis auf die Knochen blamiert, weil er ihr beim Tanzen dauernd auf die Füße getreten war. „Das Thema Isabelle ist durch!", fuhr er Erik genervt über den Mund.

Eigentlich waren Erik und Nils heute Abend zum Kino verabredet. Aber an der Tanzschule „Caprese", die direkt neben dem Kino lag, stand die Eingangstür offen. Erik zog den sich sträubenden Nils hinter sich her. Durch eine Scheibe konnte man den Paaren vom Gang aus zusehen. Eben tanzte ein kleines, zartes Mädchen mit dem glutäugigen Tanzlehrer einen Rock'n Roll. Plötzlich sackte das Mädchen zusammen und hing ganz schlaff im Arm des Schwarzhaarigen, der ein genervtes Gesicht zog.

„Guck mal, die ist total k.o.", bemerkte Nils kritisch. „Und das soll Spaß machen?" Er wollte jetzt endlich ins Kino, sonst kamen sie noch zu spät. Erik zog ein Gesicht und trottete hinter Nils her.

Nach dem Kino wollten Erik und Nils noch auf ein Bierchen in die Kneipe, da sahen sie plötzlich das zarte Mädchen aus der Tanzschule. Sie kauerte an einem Brückengeländer und weinte hemmungslos, während ein anderes Mädchen tröstend den Arm um sie gelegt hatte.

Besorgt kamen Erik und Nils näher. „Können wir euch helfen?" Die Dunkelhaarige, Maria, winkte ab. Aber Erik und Nils ließen sich nicht abwimmeln, denn die kleine Tänzerin, Nelly, sah erbärmlich blass aus und ihre Lippen waren blau angelaufen. „Ich hole einen Krankenwagen", entschied Erik und lief zur nächsten Telefonzelle.

„Keine Diät? Keine Fastenkur?", fragte Dr. Falkenberg Nelly, nachdem er sie untersucht hatte. „Ich esse Unmengen", behauptete sie. „Mindestens dreimal am Tag und ich trinke auch viel."

Falkenberg war sich sicher, dass das Mädchen schwindelte. So abgemagert, wie sie aussah, zählte sie garantiert jeden Tag die Kalorien. Als Nils den Laborbericht brachte, sah er seine Diagnose bestätigt: Beginnende Magersucht. Er nahm Nils zur Seite. „Ich bezweifle, dass Nelly uns die Wahrheit sagt. Sie sollten ihr Essverhalten auf der Station auf jeden Fall beobachten."

„Herr Doktor, wie lange muss ich bleiben?", schaltete Nelly sich jetzt von der Liege ein. „Ich muss morgen wieder trainieren." „Ein bis zwei Tage müssen wir Sie schon hierbehalten", antwortete Falkenberg.

Nelly traten die Tränen in die Augen. Nächste Woche war doch die große Tango-Nacht, die sogar im Fernsehen übertragen wurde. Caprese, der Tanzlehrer, hatte ihr fest versprochen, dass sie mit ihm zusammen dort auftreten durfte. Aber bis dahin musste sie noch sehr viel trainieren. Und jetzt machten ihr diese engstirnigen Ärzte einen Strich durch die Rechnung!

„Aufbaukost, damit du schnell wieder auf die Beine kommst", begrüßte Nils die kleine Tänzerin am nächsten Morgen und stellte das Frühstück ab. „Und zweitausend Kalorien!", blaffte Nelly ihn an. „Das ess' ich nicht! Ich muss doch noch in mein Tanzkostüm passen!"

Nellys Äußerung schien das zu bestätigen, was Dr. Falkenberg gestern Abend festgestellt hatte: Magersucht. Und Nils hatte überhaupt kein Verständnis für Mädchen, die sich zum Gerippe herunterhungerten. Abgesehen davon, dass es nicht schön aussah, konnte es auch noch lebensgefährlich werden.

„Damit du nicht wieder umkippst, musst du essen, sonst wirst du mit einer Magensonde zwangsernährt", drohte er kalt. „Ich lass mich doch von dir nicht zwingen!", regte Nelly sich auf und stieß das Tablett zur Seite. „Wenn ich wiederkomme, ist das Tablett leer", sagte Nils ziemlich oberlehrerhaft und verschwand.

Auf dem Gang empfing ihn Isabelle, die alles mitgehört hatte. „Musst du die Patienten immer so pflegetechnisch behandeln?", warf sie ihm vor. „Du könntest ruhig mal versuchen, dich in die Leute 'reinzuversetzen. Zwang bringt Nelly garantiert nicht zum Essen!"

Nils zog ein Gesicht. Er handelte schließlich auf Anweisung von Dr. Falkenberg. Aber Isabelle konnte er es anscheinend nie recht machen! – Oder war er tatsächlich zu streng mit den Patienten?

„Keiner zwingt dich zu essen", flötete Nils, als er Nelly das Mittagessen brachte. Er ließ die Tür hinter sich sperrangelweit offen, so dass Isabelle auf dem Gang jedes Wort mithören konnte. „Wenn du willst, können wir uns auch unterhalten", fuhr Nils sanft fort. „Welche Hobbys hast du denn noch außer tanzen?"

Nelly sah genervt auf. Sie hatte gerade Besseres zu tun, als sich mit den Pflegern zu unterhalten. Ihre Freundin Maria war zu Besuch gekommen, der sie einen Brief für Caprese mitgeben wollte. Auf dem Briefbogen stand bis jetzt: „Liebster Cappy..." Bestimmt würde Cappy sie sofort besuchen kommen, wenn er wüsste, wie schlecht es ihr ging. „Ich will nicht essen", ließ sie Nils ablaufen.

Aber Nils konnte in seiner Freundlichkeit heute nichts erschüttern. „Soll ich dir ein Eis holen?", bot er Nelly an. Nelly verdrehte die Augen. „Wenn du mir einen Gefallen tun willst, dann zisch ab."

Kaum war Nils aus dem Zimmer, da zog Nelly eine Tüte aus dem Nachttisch und ließ das Essen hineingleiten. Maria gefiel das gar nicht. „Ich habe solche Angst um dich", sagte sie besorgt. „Du musst wieder etwas essen!"

„Ich will nicht so dick werden wie du", gab Nelly pampig zurück. Maria musste schlucken. Das war ziemlich biestig von Nelly! Aber weil sie keinen Streit vom Zaun brechen wollte, sparte sie sich eine Antwort. Nelly hatte nun mal einen Tick mit ihrem Schlankheitswahn!

Nelly starrte verliebt auf das Foto, das sie heimlich von Caprese geschossen hatte. „Sieht er nicht furchtbar süß aus?", seufzte sie. Maria zuckte nur mit den Schultern. In puncto Männergeschmack würde sie sich mit ihrer Freundin jedenfalls nicht ins Gehege kommen!

Isabelle erwischte am Nachmittag Maria, die mit einer prall gefüllten Plastiktüte aus der Klinik schlich. Als Isabelle einen Blick in den Beutel hineinwarf, traute sie ihren Augen nicht: Der Beutel enthielt drei komplette Mahlzeiten! Offensichtlich hatte Nelly, seit sie im St. Angela eingeliefert worden war, nicht einen einzigen Bissen gegessen.

„Nelly möchte doch so gern Cappys Partnerin beim Tango-Wettbewerb sein", versuchte Maria ihre Freundin zu verteidigen. „Und er will nur mit ihr auftreten, wenn sie schlanker wird."

„Was ist das denn für ein Idiot?", entfuhr es Isabelle. „Sie liebt ihn eben", gab Maria mit einem hilflosen Achselzucken zurück.

Isabelles Blick wurde hart. Es sprach überhaupt nicht für diesen Cappy, dass er Nelly wegen ihres Gewichts unter Druck setzte. Morgen würde sie es mal in die Hand nehmen, Nelly zum Essen zu bewegen. Nils schaffte es ja offensichtlich nicht.

10

„Mittagessen!", rief Isabelle freundlich in Nellys Zimmer. Doch Nellys Bett war leer. Auf der Bettdecke lag ein kurzer Zettel von Caprese: „Nelly, lass mir doch endlich meine Ruhe. Deine ständige Trauermiene geht mir sowieso schon länger auf den Geist! Übrigens habe ich herausgefunden, dass Zoe viel besser Tango tanzt als du. Trotzdem gute Genesung. Caprese."

Isabelle schaltete sofort auf Alarm. Wenn Nelly wirklich so verliebt in Caprese war, dann hatte dieser Brief sie total geschockt. Aufgeregt lief sie auf den Flur. „Nils, Erik, wir müssen Nelly finden!"

Die drei schwärmten sofort aus. Nils klapperte hektisch alle Räume auf der Station ab. Als er an den Schmutzraum kam, fuhr ihm der Schreck in die Glieder, denn die Tür war von innen verrammelt. Der Raum war vollgestopft mit hochgiftigen Chemikalien! Wenn es Nelly war, die sich da drinnen verbarrikadiert hatte, dann ...Nils wagte gar nicht weiterzudenken.

„Nelly! Mach auf!", rief Nils und warf sich mit voller Wucht gegen die Tür. Endlich gelang es ihm, die Tür aufzudrücken.

Zwischen Putzmitteln und Eimern saß Nelly. Sie hatte eine Flasche mit einem hochgiftigen Reiniger geöffnet und hob sie an den Mund. „Hau ab oder ich trinke das", stieß sie verzweifelt aus, da hatte Nils sich schon auf sie gestürzt und ihr die Flasche aus der Hand geschlagen. Die Flüssigkeit ätzte sofort ein Loch in das Linoleum. Nelly heulte wütend auf, wand sich an ihm vorbei und war verschwunden.

Als Nils sich aufgerappelt hatte, stürmte er ihr sofort hinterher. Und da sah er sie: Sie schwang gerade die Beine über eine Fensterbrüstung und sah entschlossen auf den vier Stockwerke tiefer liegenden Parkplatz hinunter.

Nils stockte der Atem. Leise näherte er sich ihr von hinten. Mit eisernem Griff riss er Nelly vom Fenster weg, so dass die beiden übereinander purzelten.

Nelly schluchzte wild auf: „Ich kann ohne ihn nicht leben!" Zitternd starrte sie auf das Foto von Caprese, das sie immer noch in der Hand hielt. Nils drückte Nelly tröstend an sich. „Wenn er dich nicht so mag, wie du bist", begann er, „dann ist er es nicht wert, dass du ihn liebst – und schon gar nicht, dass du für ihn aus dem Fenster springst."

Nils' Nähe und seine warme Stimme taten Nelly gut. Langsam fasste sie Zutrauen. „Für Caprese habe ich alles getan." Sie sah kläglich zu Nils auf, so als könnte er das große Rätsel lösen, weswegen Caprese solche Macht über sie hatte.

„Du bist so ein hübsches Mädchen." Nils zog aus seinem Kittel ein großes Taschentuch und tupfte Nelly die Tränen von den Wangen. „Laß dir nie wieder von jemandem einreden, dass mit dir etwas nicht stimmt!"

Jetzt kamen auch Isabelle und Erik um die Ecke gestürzt. Als sie das offene Fenster sahen, begriffen sie sofort, dass Nils Nelly gerade das Leben gerettet hatte. „Das hat Nils richtig klasse gemacht!", entfuhr es Isabelle bewundernd.

Nils fasste Nelly an der Hand und zog sie auf die Füße. „Mit dir würde ich gern mal Tango tanzen", lächelte Nelly ihn zaghaft an. Nils zog ein unglückliches Gesicht. „Aber ich kann doch gar nicht tanzen", gab er geknickt zu.

„Da hat er allerdings recht", kicherte Isabelle aus dem Hintergrund. Da fasste Nelly Nils einfach an der Hand und zog ihn hinter sich her. „Das kann man doch lernen!"

Der Kassettenrecorder im Gymnastikraum lief auf voller Lautstärke. Erik und Nils tanzten eng umschlungen eine wilde Schrittfolge, während Nelly und Maria kichernd zusahen. Das Gehopse erinnerte im weitesten Sinne an einen afrikanischen Kriegstanz.

Entschlossen sprang Nelly jetzt auf und umfasste Nils. Und auf einmal verwandelte sich Nils' unbeholfenes Gehüpfe in ein elegantes Schieben und Wiegen. Nils selbst staunte am meisten, dass er sich nicht in seinen

Beinen verhedderte – und natürlich machte auch Isabelle große Augen, als sie mit Oberschwester Irene den Gymnastiksaal betrat.

„Ende der Vorstellung!", polterte Oberschwester Irene los, aber sie hatte nicht mit Erik gerechnet. Er fasste sie um die Taille und begann sie im Takt der Musik herumzuschwenken. „In fünf Minuten steht hier alles wieder auf seinem Platz", keuchte die Oberschwester und versuchte sich aus Eriks Griff zu befreien. „Sonst teile ich euch zu drei Wochen Schmutzraum ein", fügte sie atemlos hinzu. Und diese Drohung wirkte sofort. Völlig aus der Puste ergriff die Oberschwester die Flucht, ehe Nils auch noch auf die Idee kam, mit ihr eine Runde zu drehen.

„Wir sollten uns diesen Caprese mal vorknöpfen", sagte Isabelle verschwörerisch. Maria und Nelly nickten. Und sie hatten auch schon eine Idee.

Noch am selben Abend zogen die drei los. Nelly hatte sich bei Falkenberg extra die Erlaubnis geholt, das St. Angela für zwei Stunden zu verlassen.

Im großen Tanzsaal legte Caprese gerade einen innigen Tango mit seiner neuen Partnerin Zoe aufs Parkett. Der Saal war mit riesigen Scheinwerfern ausgeleuchtet und ein paar Kameraleute machten bereits erste Probeaufnahmen.

Nelly bestellte an der Bar einen Bloody Mary mit weißem Pfeffer. Dann schlenderte sie in die Ecke, wo Caprese immer seine Puderdose abstellte und leerte heimlich den Pfeffer hinein. Mit harmlosem Gesicht stellte sie die Dose wieder zurück.

Endlich setzte die Musik aus und Caprese kam an die Bar. „Die jungen Hüpfer sind ganz verrückt nach mir", hörte Isabelle ihn zu einem Mitarbeiter aus der Filmcrew sagen. Als er Nelly bemerkte, tätschelte er ihr kurz die Wange. „Ich hab' nachher Zeit für dich."

„Dich kenne ich ja noch gar nicht", wandte er sich dann an Isabelle. „Willst du auch an meinem Spezialkurs teilnehmen?" „Wenn ich nicht zu dick bin", gab Isabelle trocken zur Antwort. Caprese stutzte. Doch er hatte keine Zeit, sich über diese Bemerkung weiter Gedanken zu machen, denn schon kam die Visagistin, puderte ihm das Gesicht neu ein und die Kameras schnurrten wieder los.

Nelly grinste. Jetzt war es wohl besser, sich aus der Schusslinie zu bringen. Die drei verzogen sich zum Ausgang. Schadenfroh beobachteten sie, wie sich Capreses elegante Bewegungen in ein hektisches Zucken verwandelten und er sich immer wieder mit den Händen ins Gesicht fuhr, um sich zu kratzen. Auf einmal wirkte er überhaupt nicht mehr wie ein Latin Lover, sondern nur noch lächerlich.

„Bitte! Das geht so nicht!", ertönte jetzt die ärgerliche Stimme des Aufnahmeleiters. Als Antwort brach Caprese in donnerndes Niesen aus. Seine Augen waren rot und geschwollen. Hastig stolperte er an den drei Mädchen vorbei Richtung Waschsaal, um sich den Pfeffer vom Gesicht zu waschen.

Nelly, Maria und Isabelle lachten laut los. „Spezialtherapie gegen Liebeskummer!", prustete Isabelle. „Findet ihr nicht auch, dass Caprese etwas von einem Tanzbären hat?", kicherte Maria. Und Nelly fügte hinzu: „Kann mir mal einer erklären, wieso ich in diesen Typen so verliebt war?"

11

„Eine Überraschung ist nur eine Überraschung, wenn etwas Überraschendes passiert, capito?", zischte Erik Isabelle zu, die vorgeschlagen hatte, einfach bei Nils an der Haustür zu klingeln. Hinter ihnen stolperte Michaela mit den Wunderkerzen in den Garten. Endlich konnte es losgehen. Erik warf ein paar kleine Kieselsteine ans Fenster, dann grölten die drei los: „Happy birthday to you..."
Als Nils das Fenster öffnete, musste er schlucken, so gerührt war er, dass die Freunde an seinen Geburtstag gedacht hatten! Leider hatte er gar nichts vorbereitet, denn er war ein klassischer Geburtstagsmuffel und feierte seinen Geburtstag nur ganz selten. „Jedenfalls cool von euch, dass ihr gekommen seid", sagte er ein wenig lahm und führte seine Freunde in die Küche.

Nils' Eltern waren heute Abend beim Elternsprechtag. Deswegen kochte er für seine Geschwister, den zehnjährigen Max und die achtjährige Luisa, das Abendessen. Danach musste er sie noch ins Bett bringen.

Erik ließ sich sofort neben Luisa auf dem Boden nieder. Sie spielte gerade mit ihrem Zauberkasten. Begeistert erklärte die Kleine ihm, wie der Zauberwürfel funktionierte. Das war ein leuchtend blauer Würfel, mit dem sie auf dem Küchenstuhl eine Sechs nach der anderen würfelte, wenn sie einen Magneten unter die Sitzfläche hielt.

Isabelle und Michaela standen ein wenig verloren an der Wand herum, während Nils den Tisch deckte und den Gemüseauflauf aus dem Ofen zog. Dann schickte er die Geschwister zum Händewaschen. „Ich mag keinen Gemüseauflauf", meckerte Max, als er sich an den Tisch setzte. Nils füllte ungerührt die Teller. „Tut mir leid, dass hier so ein Chaos ist", entschuldigte er sich. „Hör auf, im Essen 'rumzumatschen!", schimpfte er Luisa aus. Erik, Michaela und Isabelle warfen sich einen viel sagenden Blick zu. Wie hielt Nils das nur aus?

„Willst du nicht endlich dein Geschenk aufmachen?", fragte Erik. „Doch, klar!" Nils wischte sich hektisch die Hände ab und wickelte das Paket aus. Zum Vorschein kamen ein paar wunderschöne Basketballstiefel.

Nils bekam ganz große Augen vor Freude. In diesem Augenblick stieß Luisa so heftig gegen ihr Saftglas, dass die ganze klebrige Brühe über Nils' Hände und die neuen Schuhe lief. Nils sprang entsetzt auf und versuchte, den Saft unter dem Wasserhahn abzuwaschen. „Das ist furchtbar nett von euch", bedankte er sich über die Schulter.

Isabelle und Michaela lächelten gequält. Ziemlich bald brachen die drei Freunde wieder auf. Es war eine

Schnapsidee gewesen, einfach unangemeldet bei Nils vorbeizuschneien!

Vor ein paar Tagen war J.J., ein dreiunddreißigjähriger Farbiger, von der Intensivstation auf die Innere verlegt worden. Er war Tänzer. Nach der Aufführung war er mit einem Mal zusammengebrochen und konnte seither seine linke Körperhälfte nicht mehr bewegen. „Schlaganfall", diagnostizierte Dr. Falkenberg und war ratlos. Ein Schlaganfall in diesem Alter war ungefähr so selten wie ein Sechser im Lotto.

Oberschwester Irene hatte Michaela dazu eingeteilt, mit J.J. die tägliche Krankengymnastik durchzuführen. Nur wenn er täglich mehrmals übte, bestand die Hoffnung, dass er wieder lernte, seinen linken Arm und sein linkes Bein zu benutzen.

Doch J.J. war mehr als lustlos bei der Sache, während Michaela vor ihm auf dem Boden kniete und sein Bein beugte und streckte. „Aus meiner linken Seite kann man doch nur noch Gulasch machen", winkte er ab und starrte frustriert an die Decke. Vom Hals an abwärts war links alles taub. „Du musst Geduld haben", widersprach Michaela und kommandierte: „Beugen – halten – beugen..."

Für Erik war die Sache klar: Nils musste geholfen werden. Und er wusste auch schon wie. „Nils kocht gut, er räumt auf und er kann unsere Waschmaschine reparieren", zählte Erik auf, als er am nächsten Tag mit Isabelle im Schmutzraum die Wäsche sortierte. „Außerdem fährt er voll auf dich ab."

„Das ist ja gerade das Problem", hielt Isabelle Erik entgegen. „Ich mag Nils wirklich gern, aber ich will nichts von ihm. Und ich habe keine Lust drauf, dass er mich schon vor dem Frühstück anschmachtet."

„Das hört sofort auf, wenn er mit dir zusammen wohnt", gab Erik trocken zurück. Isabelle blitzte ihn an. Was sollte das denn heißen? „Nils ist unser Freund und er braucht unsere Hilfe", versuchte Erik es jetzt auf die moralische Tour. Und das zog schließlich.

Gedehnt schlug Isabelle vor, dass Nils ja ein paar Wochen zur Probe bei ihnen wohnen könnte. Erik gab ihr vor Freude einen Kuss auf die Wange. Dann stürmte er los, um Nils zu verkünden, dass er noch heute die Koffer packen konnte.

Nils strahlte übers ganze Gesicht, als Erik ihm den Vorschlag machte, in der WG einzuziehen. Natürlich hatte er Lust, mit seinen Freunden zusammenzuwohnen. Und die Miete für das WG-Zimmer war selbst mit seinem geringen Gehalt noch zu bezahlen.

„Ist Isabelle auch einverstanden?", hakte Nils ein wenig misstrauisch nach. „Logisch", meinte Erik und wechselte schnell das Thema.

Als Isabelle am Abend in die WG kam, hätte sie beinahe die eigene Wohnung nicht wiedererkannt. Überall sah es so aufgeräumt aus. In der Küche war der Spülberg verschwunden, um den Erik sich jetzt schon seit einer Woche herumgedrückt hatte. „Nils wollte ein bisschen Einstand feiern. Ist doch nett, oder?", grinste Erik ihr entgegen, der gerade eine Rotweinflasche öffnete. „Die Waschmaschine funktioniert auch wieder."

Jetzt war Nils gerade damit beschäftigt, die nasse Wäsche aufzuhängen. „Nils, du sollst nicht für andere nicht den Hausmann spielen", wies Isabelle ihn zurecht. „Wir haben einen Putzplan und an den muss sich auch Erik halten."

Nils zuckte lächelnd mit den Schultern. „Wenn ich warte, bis Erik die Wäsche aufhängt, setzt sie Schimmel an." Erik rief Nils ans Telefon. Plötzlich entfuhr Isabelle ein spitzer Schrei. Sie hatte entdeckt, dass Nils ihre Slips und BHs mitgewaschen hatte. Wütend zerrte sie ihre Unterwäsche aus dem Wäschekorb und versteckte sie in einem Handtuch. Sie fand es oberpeinlich, dass Nils ihre Unterwäsche wusch.

„Das wird nicht gutgehen!", fauchte sie Erik zu, als sie mit der Wäsche auf ihr Zimmer flüchtete. „Genau! Wir sollten Nils sofort wieder 'rauswerfen", spöttelte Erik. „Zehn Minuten sind wirklich eine faire Probezeit!"

12

Isabelle liebte es, sich nach dem Duschen in das große Handtuch zu wickeln und sich in Ruhe zu schminken. Doch heute morgen tönte ein nervöses Klopfen von der Tür. „Ist das Bad frei?", rief Nils von draußen. Isabelle verdrehte die Augen. Mit Erik kam sie sich nie in die Quere, weil er immer zu spät aufstand. Plötzlich begriff sie, was für ein Luxus es war, mit einem Langschläfer zusammenzuwohnen.

Isabelle packte ihre Schminktasche und schloss die Tür auf. „Ich werde mich eben in meinem Zimmer schminken", bemerkte sie spitz. Nils starrte sie, noch ganz verschlafen, an und nickte. Isabelle versuchte krampfhaft das Handtuch höherzuziehen. Wieso guckte Nils sie so an? Da fiel ihr die Parfümflasche aus den Händen und zersplitterte auf dem Boden in tausend Scherben.

„So ein Mist!", schimpfte sie los. „Das hat sechzig Mark gekostet!" Nils wollte ihr helfen, die Scherben einzusammeln. Aber Isabelle konnte ihn einfach nicht mehr ertragen. „Ich mach das schon", wehrte sie ihn ab und machte sich finster an die Arbeit.

Nachdem Isabelle die kläglichen Reste des teuren Parfüms im Mülleimer entsorgt hatte, tauchte sie mit wütendem Gesicht in Eriks Zimmer auf. „Ich fühle mich einfach nicht wohl, wenn Nils da ist", hielt sie ihm vor. „Kapier das doch endlich!"

Aber Erik hatte jetzt langsam genug von Isabelles Wahnvorstellungen. „Was meinst du, wie fies es gegenüber Nils ist, ihn nach zwei Tagen wieder 'rauszuschmeißen. Und nur, weil du dir einbildest, er will was von dir", fuhr er sie genervt an.

Isabelle schwieg gekränkt. Es war wirklich nicht besonders nett von ihr, Nils wieder auf die Straße zu setzen. Die beiden starrten sich feindselig an. „Also gut", gab Isabelle schließlich zähneknirschend nach. „Warten wir nochmal ein paar Tage ab."

„Langsam abrollen!", kommandierte Michaela. „Und dann versuchst du, die Hand zu schließen." J.J. starrte verzweifelt auf den gelben Gummiigel in seiner reglosen Hand. Wie sehr er sich auch anstrengte – seine Finger gehorchten einfach nicht! Wütend griff er mit der Rechten nach dem Ball und schleuderte ihn gegen die Wand.

Michaela stand auf und legte den Ball in seine Hand zurück. „Was soll das?", fragte sie ruhig. „Ich war mal Tänzer", stieß J.J. zornig aus. „Und jetzt liegt hier ein totes Stück Fleisch." Er drehte seinen Kopf zur Wand, damit Michaela seine Tränen nicht sah. „Hör auf, dich fertigzumachen", sagte Michaela beschwörend. Doch jetzt blaffte J.J. erst recht los: „Spar dir deine dummen Ratschläge! Und erzähl mir nicht, dass ich schon wieder gesund werde! Du hast einen Krüppel vor dir." Dann brach er in heftiges Schluchzen aus.

Am Abend fand Isabelle auf ihrem Hochbett ein Päckchen von Nils. Sie ahnte schon, was darin war: Eine neue Flasche des sündhaft teuren Parfüms, das sie am Morgen zerschlagen hatte. Ärgerlich runzelte sie die Stirn. Nils' übertriebene Freundlichkeit ging ihr furchtbar auf die Nerven!

Sie griff sich die Flasche und wollte sie ihm zurückgeben. Da hörte sie Nils' Stimme von unten, der liebevoll auf seine kleine Schwester einredete: „Mama und Papa sind traurig, wenn du nicht mehr bei ihnen wohnen willst."

Isabelle lugte um die Ecke. Vor Nils stand die kleine Luisa mit ihrem Köfferchen und dem Zauberkasten und sah ihn mit großen Augen an. „Mama hat mir gesagt, dass du so traurig bist, weil du in Isabelle verliebt bist", hörte man Luisas Stimme. Nils antwortete in gespielter Verzweiflung: „Unter euch Frauen bleibt wohl nichts geheim." Dann nahm er seine kleine Schwester an der Hand und verließ mit ihr die Wohnung, um sie wieder zu seinen Eltern zu bringen.

„Du bist eine miese Lauscherin", zischte es plötzlich hinter Isabelle. Sie fuhr erschrocken herum. Da stand Erik und funkelte sie voller Verachtung an. „Nils zieht nach der Probezeit aus", warf Isabelle kalt hin. Erik fasste sich an den Kopf. „Glaubst du im Ernst, ich lasse meinen Freund auf Probe hier einziehen? Sowas können sich nur Frauen ausdenken!"

Isabelle erstarrte. Erik hatte Nils gar nicht gesagt, dass er nur zur Probe bei ihnen wohnte? Das würde für Nils eine böse Überraschung geben. Trotzdem blieb sie unnachgiebig. „Nils geht", beharrte sie zornig. Erik blaffte zurück: „Nils bleibt!"

Doch dann lenkte er plötzlich ein. Ganz sanft schlug er Isabelle vor. „Es gibt nur einen Ausweg: Wir würfeln." Gerade hatte er entdeckt, dass Luisa ihren Zauberkasten im Flur vergessen hatte, und darin war doch dieser wunderbare Würfel!

Isabelle wollte erst nicht. Aber dann gab sie doch nach. Sie hatte schließlich auch keine bessere Idee, das Nils-Problem zu lösen. Während Isabelle in ihrem Zimmer nach Würfeln suchte, öffnete Erik heimlich den Zauberkasten und nahm sich den Zauberwürfel samt Magneten heraus. „Guck mal, ich habe doch noch einen Würfel gefunden", sagte er harmlos, als Isabelle mit ihren Würfeln in die Küche kam. „Jeder hat drei Versuche", sagte Erik kämpferisch und setzte sich an den Küchentisch.

Nils kam in die Wohnung und hängte den Mantel auf. Durch den Türspalt sah er, dass Isabelle und Nils einträchtig zusammensaßen und würfelten. „Wenn du gewinnst, musst du Nils aber selber sagen, dass er ausziehen soll", hörte er jetzt Erik sagen. Nils stockte der Atem. Dann ertönte Isabelles verzweifelte Stimme: „Oh nein, Erik, du hast schon wieder eine Sechs!"

Nils stieß kreidebleich die Küchentür auf. „Ich gehe freiwillig", wandte er sich mit großen, traurigen Augen an Isabelle und Erik. Erik sprang auf und hielt ihn am Arm fest. „Du kannst bleiben. Ich habe gewonnen." Aber Nils schüttelte den Kopf und griff nach dem leuchtend blauen Würfel. „Mit Luisas Zauberwürfel?" Isabelle blieb der Mund offen stehen. Jetzt hatte Erik sie also schon wieder 'reingelegt!

„Erik, du brauchst doch sowieso nur jemand, der hinter dir herputzt", stellte Nils bitter fest. Dann wandte er sich an Isabelle: „Warum hast du mir nicht gesagt, dass du nicht mit mir zusammenwohnen willst? Ich war den ganzen Tag da und man kann mit mir reden." Mit schweren Schritten ging Nils auf sein Zimmer und begann seine Sachen zu packen. Isabelle und Erik starrten bedrückt vor sich hin. Sie wollten Nils doch nicht verletzen!

J.J., der immer in der ersten Reihe der großen Musicals getanzt hatte, war von der Musicalfirma gekündigt worden. Das war ein schwerer Schlag, denn jetzt war offensichtlich, dass niemand mehr an seine Genesung glaubte.

Die ganze Station fühlte mit ihm. Jeder versuchte, J.J. einen kleinen Gefallen zu tun, um ihn aufzuheitern.

Gerade saß er vor dem Fernseher und sah sich zum dritten Mal das Video von seiner letzten Aufführung an. Schwester Daniela brachte ihm einen Stapel Starmagazine vorbei. „Es ist ein Bericht vom Broadway drin", lächelte sie ihn an.

Michaela war die einzige, die mit J.J. kein Erbarmen hatte. „Zwei Uhr! Zeit für die Gymnastik!", rief sie ihm zu und schob ihn in seinem Rollstuhl aus dem Zimmer.

J.J. schimpfte los wie ein Rohrspatz. „Ich will aber den Film noch zuende sehen." Verzweifelt versuchte er die Bremse am Rollstuhl festzuziehen. „Vielleicht kann die Gymnastik ausnahmsweise mal verschoben werden", schaltete Daniela sich jetzt mitleidig ein. Doch Michaela blieb hart. „Lass sofort den Rollstuhl los, du verdammte Sklaventreiberin!", fluchte J.J., während Michaela ihn ungerührt den Flur entlang schob.

Im Gymnastikraum schaltete J.J. auf Totalverweigerung. „Deine Turnübungen kannst du selbst machen!" Er sah trotzig zu Michaela auf und machte nicht die geringste Anstrengung, ihren Kommandos zu folgen. „Du hattest den Schlaganfall – nicht ich!", hielt Michaela ihm mitleidlos vor Augen. „Und deshalb entscheide ich jetzt, dass ich nicht mehr weitermache", gab J.J. bockig zurück.

Michaela stieg die Zornesröte ins Gesicht. Seit Tagen blockierte J.J. die Gymnastikübungen. Wie sollte er da je Fortschritte machen? „Ach ja", fauchte sie ihn jetzt an. „Du bist ja ein Krüppel! Und da kannst du natürlich deine Zeit nicht mit Turnübungen verschwenden. Du nutzt deine Zeit lieber dafür, dir selbst leid zu tun!"

J.J. fehlten die Worte. Was fiel Michaela ein, so mit ihm zu reden? „Was weißt du überhaupt von mir, du eingebildete kleine Nervensäge?", griff er sie an. „Kannst du dir vorstellen, was der Körper für einen Tänzer ist? Kennst du jeden Muskel? Hattest du schon einmal das Gefühl, dass du schwebst?"

„Du kannst immer noch Tanzlehrer werden", gab Michaela kalt zurück. „Tanzlehrer!", stöhnte J.J. höhnisch auf. „Das werden nur die, die es auf der Bühne nicht bringen!"

„Maja Plissetskaja", hielt Michaela ihm zornig entgegen. „Mary Wigman, Gret Palucca..." J.Js. Augen wurden immer größer. Michaela nannte da gerade lauter hochkarätige Trainerinnen, die nur die absoluten Tanzfreaks kannten! Plötzlich glitt ein Leuchten über sein Gesicht. „Du bist eine von uns?"

Michaela stockte. Sie hatte eigentlich nie wieder darüber reden wollen. Die Erinnerung war zu schmerzlich. Endlich nickte sie zögernd. „Zeig mir was!", bat J.J., der sofort Feuer und Flamme war. Michaela schüttelte den Kopf. Niemals sollte sie wieder jemand tanzen sehen. Aber J.J. ließ nicht locker.

„Also gut", gab Michaela schließlich nach. Sie legte eine Kassette in den Recorder und machte ein paar Schritte, erst zögernd, dann immer selbstverständlicher. Schließlich wirbelte sie in hohen Sprüngen und Drehungen durch den Gymnastikraum.

J.J. sah ihr staunend zu. „Eins, zwei und Sprung! Genau! Drehen, drehen...", begann er, Michaela anzufeuern. „Du hängst links nach. Und Sprung, tack, tack..." Mit einem Mal war die alte Lebensenergie wieder da. J.Js. Gesicht strahlte. Michaela hatte recht: Er würde sein geliebtes Tanzen nicht aufgeben müssen! Plötzlich war es ihm völlig schleierhaft, wieso er sich so dagegen gewehrt hatte, Tanzlehrer zu werden. Er hatte jede Menge Tips auf Lager und brannte darauf, mit Michaela ihr Tanzprogramm durchzusprechen.

Von der lauten Musik angelockt, kamen Oberschwester Irene, Dr. Kühn und Dr. Falkenberg herein. Auch Isabelle und Erik drückten sich jetzt neugierig durch die Tür. Verwundert stießen sie sich an. Wieso hatte Michaela nie erzählt, dass sie so gut tanzen konnte?

Nils war heute nicht zum Dienst erschienen. Isabelle machte sich schreckliche Vorwürfe. In der Mittagspause meldete sie sich bei der Oberschwester ab, um zu Nils 'rauszufahren. Sie würde alles wieder gutmachen. Sie würde Nils in die WG zurückzuholen.

Nils spielte gerade mit seinen Geschwistern im Garten Fußball spielte, als Isabelle auftauchte. „Es tut mir wahnsinnig leid", stotterte sie. „Was ich gemacht habe, war bescheuert und unfair..."

„Du denkst, ich bin immer noch in dich verliebt!", unterbrach Nils sie nüchtern. Isabelle wurde rot und nickte. Nils holte tief Luft. „Das war ich auch mal. Aber das ist vorbei." Isabelle zog erstaunt die Augenbrauen hoch. Hatte sie denn wirklich Gespenster gesehen? „Du bist eine von den Frauen, die immer gleich die Panik kriegen, wenn ein Junge sie mag", erklärte Nils ruhig. „Und so eine will ich nicht. Ich wollte wirklich nur das Zimmer."

Isabelle musste schwer schlucken. Damit hatte sie nicht gerechnet. Nils wollte wieder zu seinen Geschwistern zurückgehen, doch Isabelle hielt ihn am Ärmel fest. „Nils, du kannst das Zimmer immer noch haben."

Nils überlegte einen kurzen Augenblick. Doch dann schüttelte er den Kopf. „Luisa wäre nicht einverstanden", sagte er mit einem Lächeln. Da schoss Max den Ball herüber und Nils dribbelte ihn über den Rasen Richtung Tor.

Isabelle schlich beschämt davon. Erik hatte ganz recht, wenn er sie für eine eingebildete, hartherzige Ziege hielt. Und sie konnte von Glück sagen, wenn Nils je wieder mit ihr redete.

„Wenn ich Tanzlehrer werde, wirst du meine erste Schülerin!" J.J. lag in seinem Bett und drückte Michaelas Hand ganz fest. „Aber du musst noch an dir arbeiten!", sagte er mahnend und lächelte Michaela an. „Ich nehme nur Hochbegabte."

Michaela wurde auf einmal sehr still. „Das wird bei mit nichts mehr", sagte sie bedrückt. „Sei nicht so schlapp!", stachelte J.J. sie an. Doch Michaela schüttelte ernst den Kopf.

Wortlos stand sie auf und rollte ihren linken Strumpf herunter. Da kam eine riesige, unregelmäßige Narbe zum Vorschein kam. „Autoscooter!" Michaela zuckte die Achseln. „Ein Trümmerbruch. Sie haben dreimal genagelt, aber die Knochen sind schief zusammengewachsen. Beim Laufen ist das kein Problem. Aber das Tanzen und die Stage School konnte ich mir danach abschminken." Sie rollte den Strumpf wieder hoch und setzte sich aufs Bett.

„Am Anfang war es richtig schwer, nicht mehr tanzen zu können", fuhr sie nachdenklich fort. „Aber am schlimmsten war, dass alle nur noch Mitleid hatten." Dann sah sie J.J. offen in die Augen. „Aber jetzt bin ich froh, dass ich nicht mehr ständig Diät halten muss. Und außerdem..." Sie knuffte J.J. freundschaftlich in die Seite. "...kann man als Krankenschwester mal die anderen zum Tanzen bringen." J.J. musste grinsen. Davon konnte er allerdings ein Lied singen!

13

Erik kam völlig übernächtigt in die Küche geschlappt – keine Spur von seiner sonst so lässigen Unbekümmertheit. „Die ganze Nacht hat mich so ein blöder Alptraum verfolgt", erzählte er Isabelle, während er das Kaffeepulver über den Herd schüttete statt in den Filter. „Ich wurde von einem bösartigen Androiden verfolgt. Es war grauenhaft!" Erik schüttelte es noch nachträglich. Aber Isabelle hatte wenig Mitleid. „Sah der Androide vielleicht aus wie Dr. Gröbe?", feixte sie.

Als es an der Haustür klingelte, ging Erik öffnen. Plötzlich hallte ein markerschütternder Schrei durch die Wohnung. Isabelle sprang sofort auf und eilte Erik zu Hilfe. Doch als sie in den Flur kam, traf sie auf Nils, der sich gerade eine besonders gruselige Affenmaske vom Gesicht zog. Erik lehnte am Türpfosten und rang schwer nach Luft.

„Ich hab' doch bloß Spaß gemacht!", versuchte Nils Erik zu beruhigen. Er wollte Isabelle und Erik eine kleine Abreibung erteilen, wegen des verkorksten Umzugs. Aber mit so einer durchschlagenden Wirkung hatte er nicht gerechnet. „Tut mir leid!" Nils gab Erik einen freundschaftlichen Knuff. „Das finde ich heute Morgen gar nicht witzig!", ächzte Erik, immer noch total geschockt.

Oberarzt Dr. Gröbe hatte ein neues Spielzeug, einen Roboter, der laufen und sprechen konnte. Man konnte ihn so programmieren, dass er selbständig das Essen servierte, die Medikamente austeilte und die Blutproben im Labor abgab. Kurz: Er konnte fast alles, was eigentlich Aufgabe der Schwestern und Pflegeschüler war.

Seit der Roboter in der Klinik war, hielt Gröbe sich fast nur noch in seinem Büro auf. Dort war die sogenannte „Kommandozentrale", ein Computer, in den er die Befehle an „Robodoc" eingab. Über einen in den Roboter eingebauten Monitor konnte er kontrollieren, wo sich der Roboter gerade befand. Zusätzlich waren mehrere Kameras auf der Inneren aufgestellt worden.

„Guten Tag, ich bin Robodoc", schnarrte der Roboter, der von den Pflegeschülern und Schwestern neugierig umringt wurde. „Ich melde mich zum Dienst." Gröbe klopfte ihm zufrieden auf das, was man bei einem Menschen als Kopf bezeichnet hätte.

„Roboter werden in Zukunft Routineaufgaben in der Pflege übernehmen", führte Gröbe aus. „Sie helfen uns, Kosten und Arbeitsplätze zu sparen." Nils und Isabelle warfen sich einen kritischen Blick zu. Es war klar, wessen Arbeitsplätze Gröbe hier einsparen wollte! Nur Erik war von dem neuen „Mitarbeiter" hellauf begeistert. „Ist doch klasse", meinte er. „Robodoc" schuftet und wir legen die Beine hoch."

„Ich dachte, das Wichtigste am Pflegeberuf ist die menschliche Nähe", wandte Isabelle sich höflich an den Oberarzt. „Wir müssen unseren Patienten doch mit Gefühlen begegnen!"

Gröbe war hocherfreut über das Stichwort, das sie ihm geliefert hatte. „Gefühle!", nahm er den Faden auf. „Auch das ist bei Robodoc gespeichert." Er drückte eine Tastenkombination an der Vorderseite des Geräts und Robodoc schepperte: „Guten Morgen! Wie geht's uns denn heute?" Bester Laune verschwand Gröbe wieder auf sein Zimmer, um die restlichen Daten der Station und die Bettenbelegung in den Computer einzugeben.

Die Pflegeschüler und Oberschwester Irene warfen sich zweifelnde Blicke zu. Wie sollte diese Blechbüchse zum Beispiel ein Bett neu beziehen?

Gröbe saß gebannt vor seinem Monitor und zappte sich von einer Kamera zur anderen. Jetzt sah er Erik, der sorgfältig, aber gelangweilt die Medikamente zusammensortierte und sich dann daran machte, sie auf die Zimmer zu bringen.

„Das geht doch auch schneller", murmelte Gröbe vor sich hin, tippte eine Tastenkombination ein und schon surrte der Roboter los, griff sich die Medikamentenschälchen und verteilte sie in Windeseile an die Patienten. Über seinen Monitor beobachtete Gröbe zufrieden, dass die Patienten sehr erfreut auf den „neuen Mitarbeiter" reagierten. „Endlich mal ein paar nette Worte!", sagte eine Frau Sander begeistert, als Robodoc sein „Beste Genesung, auf Wiedersehen", schnarrte.

Wo aber war der Pflegeschüler geblieben, der eigentlich für die Verteilung der Medikamente zuständig war? Gröbe zappte sich durch die Monitore. Endlich hatte er ihn entdeckt. Erik lag mit einer Tüte Chips auf der Couch im Schwesternzimmer und las einen Comic. Als er bemerkt hatte, dass Robodoc die Arbeit auch ohne ihn erledigte, hatte er sich die Hände gerieben und sich sofort verdrückt.

Leider tauchte wenig später Gröbe mit zorngerötetem Gesicht im Schwesternzimmer auf. Da heute die Spülmaschine im Putzraum ausgefallen war, verdonnerte er Erik zu der unangenehmen Arbeit, die Bettpfannen zu reinigen. Erik wollte etwas einwenden, aber Gröbe schnitt ihm das Wort ab. „Und Sie gehören zu den Ersten, die ich mithilfe von Robodoc wegrationalisiere!" Erik zog den Kopf ein und machte sich an die Arbeit.

Nils assistierte heute Dr. Falkenberg in der Notaufnahme. Am Vormittag kam Cornelia Kramer, eine hübsche fünfundzwanzigjährige Frau, zu Dr. Falkenberg. Ihre Hände waren so wund und aufgesprungen, dass sie bluteten. Dr. Falkenberg wies Nils an, eine Jodlösung vorzubereiten, in der die junge Frau ihre Hände baden sollte. Danach sollte Nils eine desinfizierende Salbe auftragen.

Dr. Falkenberg zog Nils aus dem Zimmer. „Ich vermute, dass Frau Kramer eine Waschneurose hat", erklärte er. „Sie wäscht sich zwanghaft die Hände, bis die Haut wund ist und sich entzündet. Wir müssen herausfinden, welches Problem dahintersteckt. Im Zweifelsfall müssen wir einen Psychologen einschalten."

Nils bereitete die Jodlösung vor und brachte sie der Patientin. „Ich werde die Salbe sehr vorsichtig auftragen", sagte er beruhigend, während die Patientin ihre schmerzenden Hände in die Jodlösung eintauchte. Cornelia warf ihm einen langen Blick zu. „Bestimmt könnten Sie eine Frau nie verletzen. Sie haben so sanfte Augen." Nils räusperte sich verwirrt. Was hatte das jetzt zu bedeuten? Cornelias Blick schien sich an seinem Gesicht festgesaugt zu haben. „Ich habe eine Frage an dich als Mann."

Nils wurde es äußerst unbehaglich zumute. Aber dann wollte Cornelia nur wissen, welche der beiden modelnden Zwillinge aus ihrem alten Modeheft ihm besser gefiel. Nils zuckte unschlüssig die Schultern. Diese zugeschminkten Modelgesichter waren alle nicht sein Fall.

„Du kannst sie nicht mal auseinanderhalten", stellte Cornelia enttäuscht fest. Nils war heilfroh, als er aus dem Zimmer gerufen wurde. Alles, was Cornelia sagte, schien einen doppelten Boden zu haben. Außerdem hatte sie etwas von einer Klette.

Um halb zwölf erlöste Oberschwester Irene Erik von seiner Arbeit im Schmutzraum. Dr. Gröbe hatte sich etwas Neues einfallen lassen. Erik sollte, quasi im Wettstreit mit Robodoc, das Essen austeilen. Dann würde sich ja zeigen, wer schneller arbeitete: der Mensch oder die Maschine.

Über ein Mikrofon gab Gröbe von seinem Zimmer aus das Kommando zum Start und schon sauste Robodoc mit den Tabletts von einem Zimmer zum nächsten. Erik hingegen war leider schon im ersten Zimmer hängen geblieben.

„Ich hatte gehofft, der nette Roboter serviert uns das Essen", quengelte Frau Sander. „Er spricht so goldig."

„Ich esse jedenfalls keinen Bissen, wenn Robodoc mich nicht bedient", warf Frau Döpfner ein und stellte das Tablett, das Erik gerade bei ihr abgestellt hatte, wieder auf den Wagen zurück.

Auch die anderen Patientinnen weigerten sich jetzt, sich von Erik servieren zu lassen. Entnervt schlich Erik mit dem Essenswagen hinaus. Er musste sich dringend etwas einfallen lassen, sonst würde die einfältige Blechbüchse demnächst seinen Job übernehmen.

Als Robodoc mit dem Essenswagen gerade den Gang entlangzischte, schob Erik ihm plötzlich aus einem Seitengang einen vollbepackten Medikamentenwagen in den Weg. Aber der Roboter reagierte sofort und wich dem Hindernis mühelos aus. Erik sank entgeistert in sich zusammen. Schon wieder hatte der Roboter gesiegt!

Und schon kam Gröbe aus dem Arztzimmer geschossen, der über seinen Monitor alles beobachtet hatte. „Hansen! Sofort wieder ab in den Schmutzraum!", donnerte er ihn an. „Ich überlege mir ernsthaft, Sie zu entlassen!"

Behutsam strich Nils Cornelias aufgesprungene Haut mit der Salbe ein. „Du hast feinfühlige Hände", bemerkte Cornelia und fuhr zwanglos fort: „Ich heiße Cornelia." Nils saß wie auf heißen Kohlen. Er fühlte sich von Cornelias Anmache ziemlich überrollt.

Nils war ziemlich erleichtert, als er die Hände endlich verarztet hatte. „Morgen muss die Behandlung wiederholt werden", erklärte er Cornelia. Ein freudiges Leuchten glitt über ihr Gesicht. „Dann sehe ich dich morgen wieder?" „Ich weiß nicht..." druckste Nils, „die Oberschwester teilt uns jeden Morgen für eine andere Station ein..."

Zum Glück löste ihn jetzt Dr. Falkenberg ab. Während er Cornelias Hände in Mullbinden verpackte, versuchte er vorsichtig, sie über die Ursache für die entzündeten Hände auszuhorchen. Aber Cornelia wich allen Fragen geschickt aus.

„Ich mache Ihnen keine Vorwürfe, Frau Kramer", fuhr Falkenberg unbeirrt fort. „Ich will Ihnen nur helfen. Sie waschen ständig Ihre Hände, nicht wahr?" Cornelia nickte stumm. „Weiß Ihre Familie von diesem Problem?" „Ich will nicht darüber reden", blockte Cornelia ihn unfreundlich ab.

Falkenberg runzelte sorgenvoll die Stirn. „Sie sind eine hübsche junge Frau und werden ein langes, glückliches Leben haben, wenn Sie aufhören, sich selbst zu bestrafen, wie Sie es bisher getan haben..." In diesem Augenblick wurde Dr. Falkenberg über Lautsprechanlage dringend ans Telefon gerufen. Er bat Cornelia, auf ihn zu warten. Doch als er zurückkam, war der Behandlungsraum leer.

14

Am nächsten Tag verbannte Dr. Gröbe persönlich Erik schon am frühen Morgen in den Schmutzraum. Während Erik die Bettbezüge für die Wäscherei auf einen großen Haufen sortierte, surrte Robodoc über die Gänge, brachte das Essen und die Medikamente auf die Zimmer und verteilte freundliche Genesungswünsche.

Erik sah erbittert vor sich hin. Es sah alles danach aus, als sollte er das ganze letzte Jahr seiner Ausbildung in dieser fensterlosen, schmuddeligen Kammer verbringen.

Als Nils den Behandlungsraum betrat, strahlte Cornelia ihm entgegen. Irgendwie hatte sie Dr. Eisenschmidt davon überzeugt, dass nur Nils ihre Hände in Jodlösung baden konnte. Der Arzt hatte Nils sogar extra auf der Station ausrufen lassen.

Nils schnürte sich der Hals zu. Schon wieder diese Klette! Schweigend bereitete er die Jodlösung für das Handbad vor. Dabei spürte er Cornelias schmachtende Blicke fast körperlich in seinem Rücken.

„Ich habe die ganze Nacht wach gelegen und an dich gedacht", seufzte Cornelia. „Ich liebe dich, wie ich schon lange niemanden mehr lieben konnte." „Du hast mich doch gestern erst kennen gelernt", wehrte Nils ab und tauchte ihre Hände in die Schüssel mit der Lösung. Doch schon zog Cornelia die Hände aus der Schüssel und schlang ihre Arme um Nils, „Ich will ein Kind von dir."

Entgeistert machte Nils sich von ihr los. „Du hast ein ernstes Problem", stieß er aus. „Ich bin Krankenpfleger und will dir medizinisch helfen – nichts weiter." Cornelia riss die Augen auf, so dass ihr Gesicht einen irren Ausdruck bekam. „Du willst nicht?" Nils wollte sie beruhigen. Doch sie sprang sie auf und stieß ihn heftig zurück. „Hau ab!", schrie sie gellend. „Lass mich in Ruhe!"

Nils rannte los und holte Dr. Falkenberg zu Hilfe. Als die beiden in den Behandlungsraum zurück-kamen, zischte Cornelia ihnen entgegen: „Keinen Schritt weiter, sonst bringe ich mich um." In der Hand hielt sie ein Skalpell, das sie drohend an ihre Halsschlagader legte. Nils erstarrte vor Schreck.

„Aber warum denn?", fragte Dr. Falkenberg von der Tür aus. „Wenn Nils nichts für mich empfindet, dann ist mir alles egal!" „Bitte erzählen Sie mir alles", bat Falkenberg, um irgendwie Zeit zu gewinnen. „Bestimmt werde ich Sie verstehen." „Mich kann keiner verstehen", schluchzte Cornelia auf. Das Skalpell ritzte jetzt fast ihre Haut.

„Geben Sie mir eine Chance!", bat Falkenberg mit sanfter Stimme. „Wenn ich Sie nicht verstehe, können Sie sich immer noch umbringen." Cornelia starrte ihn ungläubig an. Was der Doktor da sagte, klang irgendwie logisch. Langsam ließ sie das Skalpell sinken. Diesen Augenblick nutzte Dr. Falkenberg sofort aus. Er sprang auf sie zu und riss ihr das Messer aus der Hand.

Nils saß mit Falkenberg in der Cafeteria. Er war völlig am Ende, denn er wurde den Gedanken nicht los, dass er schuld an Cornelias Selbstmordversuch war. Aber Falkenberg schüttelte den Kopf. „Sie hat ein riesiges Problem mit sich selbst. Die Katastrophe hätte jederzeit ausbrechen können."

Falkenberg hatte ein sehr langes Gespräch mit Cornelia geführt. Nach allem, was passiert war, war klar, dass sie dringend Hilfe brauchte. Mit viel Einfühlungsvermögen hatte er sie endlich davon überzeugt, in psychiatrische Behandlung zu gehen.

„Cornelia wollte Ihnen übrigens noch etwas erklären", sagte Falkenberg und stand auf. Schüchtern trat Cornelia an den Tisch. Sie war wie ausgewechselt, keine Spur mehr von der wilden Hysterie von vorhin. Sie hatte die Modezeitschrift mitgebracht, in der die modelnden Zwillinge abgebildet waren.

„Die Aufnahmen sind vor vier Jahren gemacht worden, als ich noch mit meiner Zwillingsschwester zusammengearbeitet habe", begann sie. „Wir sahen uns furchtbar ähnlich, aber sie hat alles gekriegt und ich nichts." Nils sah auf. „Aber wieso?" „Meine Eltern haben gesagt, dass ich schwierig und ungezogen bin." Cornelia zuckte mit den Schultern. „Und irgendwann habe ich es geglaubt." Sie seufzte.

„Dann hat mir meine Schwester meinen Freund weggenommen, als ich schon schwanger war. Ich habe das Baby verloren." Sie begann zu weinen. Nils wusste nicht, was er sagen sollte. Die Nerven dieser hübschen, jungen Frau mussten völlig blank liegen. Jetzt war ihm auch klar, wieso sie so überreizt reagiert hatte.

Vorsichtig legte Nils den Arm um sie. „Das ist vorbei", tröstete er sie. „Du kannst jetzt neu anfangen." Cornelia warf ihm einen zweifelnden Blick zu. Sie nahm allen Mut zusammen. Dann fragte sie ängstlich: „Werden wir uns wiedersehen?"

Nils zögerte einen Moment. „Nur so?", half sie nach. Nils nickte. „Also gut." Cornelia lächelte ihn erleichtert an. Auch wenn Nils keine Beziehung mit ihr wollte – für sie hatte er etwas an sich, das das Leben in ein rosigeres Licht tauchte.

Gröbe war mittlerweile felsenfest davon überzeugt, dass der Roboter unschlagbar war. Deshalb bat er die Ärzte und Oberschwestern des Krankenhauses, einschließlich Dr. Waizmann, zu einer Vorführung ins Chefarztzimmer. Eben hatte er den Kollegen bewiesen, dass Robodoc tatsächlich in der Lage war, die Medikamente zusammenzusortieren und zu verteilen und dass er außerdem bei den Patienten sehr beliebt war.

Jetzt programmierte er ihn darauf, den Nachmittagskaffee in der Stationsküche aufzubrühen und ihn auf den Zimmern zu verteilen. Professor Waizmann klopfte Gröbe anerkennend auf die Schulter. „Wenn uns der Roboter die einfacheren Arbeiten abnimmt, dann hätte das Personal mehr Zeit für die Betreuung." Gröbe widersprach höflich: „Ich dachte eher daran, Personal einzusparen."

Doch der Professor hörte nur mit halbem Ohr zu. Gut gelaunt lud er jetzt die Kollegen in die Cafeteria ein, um auf den „neuen Mitarbeiter" mit einem Glas Sekt anzustoßen.

Kaum hatten die Ärzte das Zimmer verlassen, da öffnete sich leise die Tür und Erik stahl sich herein. Er nahm Gröbes Platz ein und begann auf der Tastatur des Computers herumzutippen. Auf dem Monitor sah er, dass Robodoc eben eine Kanne mit frischgebrühtem, dampfendem Kaffee aus der Kaffeemaschine nahm. Schnell tippte Erik: „Gehe zu Cafeteria."

Tatsächlich: Die hirnlose Blechbüchse machte sich auf den Weg, verließ die Station und rollte quietschend durch die Schwingtüren bis in die Cafeteria.

Gröbe erklärte gerade dem Professor: „Mein Bericht über Robodoc wird in der größten Medizinerzeitschrift der USA erscheinen..." Mit einem freundlichen „Gute Genesung!", leerte der Roboter Dr. Gröbe den dampfenden Kaffee vor die Füße. Die Ärzte stießen sich gegenseitig an und feixten. „Langsam wird mir der Roboter doch noch sympathisch", meinte Oberschwester Irene spöttisch.

Dr. Gröbe war hochrot angelaufen. „Das muss ein Kurzschluss sein, irgendein Systemfehler..." stotterte er. Professor Waizmann warf einem Oberarzt einen strengen Blick zu. „Fehlerquellen können wir in einem Krankenhaus nicht gebrauchen, Dr. Gröbe. Weder technische... noch menschliche." Dr. Gröbe sank in sich zusammen. Deutete der Professor da gerade seine Kündigung an?!

15

„Wissen Sie, mein Freund ist manchmal etwas aufdringlich", entschuldigte sich Nils bei der attraktiven Blondine, die jetzt auf ihren Motorroller stieg. Nils hätte im Boden versinken können. Musste Erik eigentlich jedes Mädchen angraben, das ihm über den Weg lief? Er hielt sich wohl für unwiderstehlich!

Nils und Erik machten bei dem schönen Sonnenwetter eine Radtour an der Alster entlang. Auf der Terrasse beim Edelitaliener hatten sie Waizmann entdeckt, in Begleitung eines hübschen jungen Mädchens. Als die Blonde sich von dem Professor verabschiedete und dann direkt auf sie zukam, war für Erik kein Halten mehr. Er musste das Mädchen kennen lernen!

„Hätten Sie eine Stunde Zeit", flirtete Erik unbeirrt. „Mein Freund und ich arbeiten in der Werbebranche und sind ständig auf der Suche nach attraktiven Models..." Die Blondine zog ein spöttisches Gesicht. Mit einem spitzen „Und tschüs", warf sie ihren Roller an und brauste davon.

Am Montagmorgen stand bei den Pflegeschülern mal wieder ein schriftlicher Test auf dem Programm. Erik kaute an seinem Bleistift und überlegte fieberhaft, in welches der drei Kästchen er sein Kreuzchen machen sollte.

Da erschien Waizmann im Klassenzimmer und hinter ihm – die Blondine von der Alster. Im ersten Moment wollte Erik sich unter dem Tisch verkriechen. Warum hatte er gestern nur so dumm aufgeschnitten? Aber die Blonde hatte ihn schon erspäht. Ein kurzes Grinsen lief über ihr Gesicht.

„Entschuldigen Sie die Störung", begann der Professor. „Ich möchte Ihnen eine neue Mitschülerin vorstellen: Kathrin Berger. Sie kommt von der Frankfurter Uniklinik und möchte ihre Ausbildung am St. Angela fortsetzen."

Die Oberschwester lächelte die neue Schülerin freundlich an. „Wir schreiben gerade einen Test. Da brauchen Sie nicht dabeizusitzen." „Ich möchte gern mitschreiben", wandte Kathrin ein. Die Oberschwester warf ihr einen wohlwollenden Blick zu. Das war endlich mal eine fleißige Schülerin!

„Aber wir sind im Stoff sehr weit voraus", warnte sie. „Außerdem schreiben die anderen ja schon seit einer Stunde." „Lassen Sie es mich versuchen!", bat Kathrin, nahm sich einen Bogen und setzte sich in die Bank.

Waizmann war natürlich hocherfreut, dass sein persönlicher Schützling gleich so eifrig bei der Sache war.

„Kommen Sie bitte später noch in mein Büro", bat er Schwester Irene, ehe er hinausging.

Kathrin kreuzte unterdessen bereits den zweiten Prüfungsbogen an. Erik beobachtete sie ungläubig. Wieso musste Kathrin nicht mal überlegen? Mit einem Aufseufzen beugte er sich wieder über sein Blatt und begann zu brüten.

Nach dem Test verteilte die Oberschwester die Aufgaben für den heutigen Dienst. Isabelle sollte Kathrin die Station zeigen. „Das kann ich auch machen", drängelte Erik sich vor. „Wir kennen uns nämlich schon länger." Kathrin sah ihm spöttisch ins Gesicht. „Er wollte mich nämlich gestern als Fotomodell engagieren. Normalerweise arbeitet er ja in der Werbung." Erik lief rot an. Wieso tischte ihm die Neue seine Lüge von gestern nochmal auf und dazu noch vor der Oberschwester? Das war nicht fair!

Schwester Irene runzelte missbilligend die Stirn. Dann fuhr sie fort, die Aufgaben zu verteilen. „Isabelle, Sie assistieren Daniela mit..." Sie sah sich suchend um. Sofort trat Kathrin einen Schritt vor. „Mit mir."

„Ja wollen Sie denn gleich am ersten Tag schon richtig Dienst machen?", wunderte sich die Oberschwester. Kathrins Lächeln hatte etwas Unterwürfiges, als sie jetzt zurückgab: „Aber natürlich!"

„Eine solche Berufsauffassung mag ich", sagte Oberschwester Irene in die Runde. Erik zog ein Gesicht. Dass die Neue eine solche Streberleiche war, sah man ihr wirklich nicht an!

Schwester Irene und Professor Waizmann besprachen die Formalitäten für Kathrins Ausbildung am St. Angela. „Ich hatte heute Morgen einen sehr guten Eindruck von der neuen Pflegeschülerin", lächelte Schwester Irene. Der Professor reichte ihr Kathrins Unterlagen. „Sie war auch eine der Besten, ehe sie die Uniklinik verlassen musste."

Die Oberschwester horchte auf. „Sie *musste* die Klinik verlassen?" Professor Waizmann begann herumzudrucksen. „Nun ja, sie war krank und hat oft gefehlt, deswegen hat man sie zu den Abschlussprüfungen nicht zugelassen."

Schwester Irene wunderte sich. Normalerweise war es kein Problem, versäumte Prüfungen nachzuholen. Aber sie fragte nicht weiter nach. Dem Professor lag daran, dass sie Kathrin als Schülerin akzeptierte und das war allemal ein ausreichender Grund, Kathrin ins zweite Lehrjahr zu übernehmen.

„Kathrin kommt von der Uniklinik Frankfurt" stellte Isabelle Daniela die neue Schwesternschülerin vor. Daniela musterte Kathrin von oben bis unten. „Uniklinik?", meinte sie spitz. „Dann zeig mal, was du da gelernt hast. Du machst die Schmutzwäsche." Kathrins Lächeln gefror. Das war eine Gemeinheit von der Schwester, ihr die Drecksarbeit zuzuteilen!

Isabelle sollte unterdessen bei den Patienten Blutdruck, Temperatur, Zuckerwerte messen. Daniela drückte ihr die Patientenakten in die Hand und verschwand auf die Intensivstation.

Isabelle war das äußerst peinlich. Wie konnte Daniela so unfreundlich zu der Neuen sein? „Du hilfst mir beim Messen und ich helfe dir bei der Wäsche", bot sie ihr freundschaftlich an. Kathrin lächelte ihr dankbar zu. „Du bist furchtbar nett."

Und zu zweit machte die Arbeit sogar richtig Spaß. Schwatzend und kichernd liefen Isabelle und Kathrin von Zimmer zu Zimmer, packten die schmutzige Bettwäsche in den Wäschesack und teilten die Fieberthermometer aus.

Bei Herrn Rieger musste Isabelle einen Blutzuckertest machen. Das musste sehr zügig gehen. Wenn man das Teststäbchen mit dem Blut nur ein bisschen zu spät ins Messgerät steckte, begann das Gerät zu piepen und das Ergebnis war unbrauchbar.

Isabelle war nur kurz abgelenkt, weil Herrn Rieger die Zeitung zu Boden gefallen war, da piepte das Blutzuckermessgerät auch schon los.

Sofort kam Kathrin herbei und schob Isabelle zur Seite. „Lass mich mal." Isabelle war so überrumpelt von Kathrins forscher Art, dass sie es sprachlos geschehen ließ. „Sie sind mir ja ein süßer kleiner Blutsauger", flirtete Herr Rieger Kathrin an, während sie ihn in den Finger stach. Kathrin lächelte geschmeichelt.

„Ich wollte wirklich nicht voreilig sein", entschuldigte Kathrin sich bei Isabelle, als sie das Zimmer verlassen hatten. Es war offensichtlich, dass Isabelle nicht gerade begeistert davon war, wie Kathrin sich auf ihre Kosten vorgedrängelt hatte. Aber Isabelle war nicht nachtragend. „Schon okay", meinte sie.

Daniela rief die beiden an den Stationsempfang. „Kathrin, wenn du mit der Schmutzwäsche fertig bist, sammelst du die Bettpfannen ein. Und Isabelle, bei der Herzpatientin Frau Nuber müssen die Infusion und der Perfusor gewechselt werden."

Isabelle warf einen kurzen Blick in die Patientenakte. „Du hast noch nicht eingetragen, welche Lösung sie bekommen soll." „Natriumchlorid als Infusion und Kaliumchlorid als Perfusion", antwortete Daniela und war schon in einem der Krankenzimmer verschwunden. Sorgfältig trug Isabelle ein: „NaCl: Infusion, KCl: Perfusor."

„Die hat was gegen mich", meinte Kathrin. „Wir machen das schon alles zusammen", versprach Isabelle ihr und hakte sich freundschaftlich bei ihr unter.

Im Medikamentenlager holte Isabelle die beiden Flaschen aus dem Kühlschrank, die sie für Frau Nuber benötigte: die große Flasche mit dem Kochsalz und die kleine mit der Kaliumlösung. Dr. Falkenberg sah zur Tür herein. Er brauchte Isabelle kurz beim Röntgen.

Kathrin war sofort hin und weg von dem attraktiven Stationsarzt. „Ich bin Kathrin Berger", warf sie dazwischen, „von der Uniklinik Frankfurt..." Sie versuchte einen Madonna-Blick. Aber ihre Mühe war umsonst. Falkenberg warf ihr bloß ein gehetztes „Guten Tag" hin und war schon wieder aus der Tür. „Warte hier auf mich", bat Isabelle und lief ihm hinterher.

Sobald Kathrin allein war, griff sie sich die beiden Flaschen. Infusionen einhängen, das konnte jedes Kind und sie hatte es an der Uniklinik oft genug gemacht! Dazu brauchte sie Isabelle nicht.

Als sie zu Frau Nuber aufs Zimmer kam, schlief die Patientin tief und fest, denn sie hatte ein Beruhigungsmittel bekommen. Gedankenverloren hängte Kathrin die alten Flaschen aus. Dieser Dr. Falkenberg sah wirklich gut aus! Ob der wohl noch zu haben war? Dann hängte sie die neuen Flaschen ein und stellte den Tropf auf Durchlauf.

Als Isabelle zurückkam und Kathrin nicht mehr im Medikamentenlager fand, vermutete sie gleich, dass sie die Infusionen selbständig fertiggemacht hatte. Ganz einverstanden war sie allerdings nicht mit diesem Alleingang. Schließlich hatte Daniela ihr den Auftrag gegeben. Das hieß, dass sie auch hauptverantwortlich war.

„Ich habe die Flaschen schon eingehängt und angeschlossen" lächelte Kathrin ihr an Frau Nubers Bett entgegen. „Dann muss Daniela das jetzt nur noch kontrollieren", antwortete Isabelle, bemüht, sich den erneuten Ärger nicht anmerken zu lassen.

Da kam Daniela auch schon ins Zimmer. Sie warf nur einen kurzen Blick auf die Infusionsständer und wetterte los. „Bist du wahnsinnig, Isabelle?" Mit zwei Schritten war sie bei der Patientin, riss ihr die Infusionsnadeln aus dem Arm und drehte den Zulauf ab.

Isabelle fuhr der Schreck eiskalt in die Glieder. Kathrin hatte die Flaschen vertauscht! Die Patientin hätte sterben können, wenn Daniela der Irrtum nicht sofort aufgefallen wäre!

„Kalium darf nur mit ganz geringer Tropfgeschwindigkeit durchlaufen. Das habe ich euch doch schon tausendmal gesagt!", schrie Daniela sie an, während sie den Herzschlag der Patientin kontrollierte. Gottlob schien der Kreislauf von Frau Nuber noch normal zu sein.

Isabelle stand immer noch wie vom Donner gerührt. Daniela glaubte, dass *sie* die Flaschen falsch eingehängt hatte. Aber wieso gab Kathrin nicht zu, dass sie es war? Kathrin jedoch stand schweigend daneben und sah Isabelle nur stumm ins Gesicht. Jetzt packte Daniela Isabelle am Arm und zog sie hinter sich her zu Oberschwester Irene.

Kathrin hatte es auf einmal sehr eilig. Sie konnte sich nicht darauf verlassen, dass Isabelle diesen schweren Fehler auf die eigene Kappe nahm. Eilig lief sie den Flur hinunter und verschwand im Medikamentenlager.

Die Patientenakte Nuber lag dort noch aufgeschlagen auf dem Tisch. Kathrin zog einen Tintenkiller aus ihrer Kittelschürze und machte sich an die Arbeit.

Zufrieden betrachtete sie das Ergebnis, ehe sie die Akte zuschlug. Jetzt stand dort: KCl: Infusion, NaCl: Perfusor. Ihre Schrift war von Isabelles nicht zu unterscheiden. Ein triumphierendes Grinsen breitete sich auf ihrem Gesicht aus. Niemand konnte ihr mehr etwas nachweisen!

16

Isabelle drückte sich bleich an die Wand im Schwestern-zimmer. In ihren Augen schwammen Tränen. „Sie sind zwar noch Schülerin", sagte die Oberschwester mit eisi-gem Blick. „Aber Fehler können in unserem Beruf ver-hängnisvoll sein. Deshalb muss ich darüber nachden-ken, welche Aufgaben ich Ihnen überhaupt noch zu-trauen kann."

Isabelle konnte immer noch keinen klaren Gedanken fassen, so geschockt war sie. Da öffnete sich die Tür und Kathrin trat auf die Oberschwester zu. „Es ist meine Schuld. Ich habe die Infusionen eingehängt."

Isabelle sah erstaunt auf. Ein mattes Lächeln huschte über ihr Gesicht. Das war wirklich anständig von Kath-rin, dass sie doch noch zugab, wie es wirklich gewesen war! „Mir hätte gleich auffallen müssen, dass Kalium nur in geringen Dosen gegeben wird", fuhr Kathrin fort. „Aber ich habe mich einfach an das gehalten, was Isa-belle in die Patientenakte geschrieben hat."

Isabelle traute ihren Ohren nicht. Diese Schlange drückte sich nicht nur vor der Verantwortung, sondern versuchte auch noch, ihr den Fehler zuzuschieben!

„Ich bin sicher, dass ich NaCl und KCl nicht verwechselt habe", stotterte Isabelle verzweifelt, aber an den vernichtenden Blicken von Daniela und Oberschwester Irene sah sie, dass ihr niemand glaubte. „Das lässt sich kontrollieren", fiel ihr die Oberschwester ins Wort und holte die Patientenakte. Isabelle atmete auf. Jetzt würde sich zeigen, dass der Fehler nicht bei ihr lag.

Doch als die Oberschwester ihr die aufgeschlagene Akte unter die Nase hielt, stand dort: „KCl: Infusion". „Sie werden verstehen, dass ich Sie nicht mehr für solch einen anspruchsvollen Dienst einteilen kann", sagte Schwester Irene schneidend zu Isabelle. „Sie arbeiten ab jetzt in der Schmutzkammer."

Isabelle verstand die Welt nicht mehr. Hatte sie tatsächlich einen so schwerwiegenden Fehler gemacht? „Bitte", wandte Kathrin sich jetzt an Schwester Irene, „bestrafen Sie Isabelle nicht zu hart. Ich fühle mich mitschuldig." Die Oberschwester klopfte ihr freundlich lächelnd auf die Wange. Aber für ihre Fehler musste Isabelle schon selbst geradestehen.

Nils sah sofort, dass es Isabelle nicht gut ging, als sie zu ihm in den Schmutzraum kam. „Ich darf in der nächsten Zeit keinen qualifizierten Dienst mehr machen", sagte sie tonlos. Isabelle war nahe daran zu weinen. Nils wollte sie in den Arm nehmen, doch sie machte sich los und lief fort.

Nils fand Isabelle in einem Nebengang. Sie kauerte auf dem Boden und hatte rot verweinte Augen. In abgehackten Sätzen erzählte sie ihm, was passiert war. „Ich habe einen Fehler gemacht und ein Patient hätte sterben können. Ich habe mir immer gesagt, wenn sowas passiert, breche ich meine Ausbildung sofort ab. Andererseits...", fuhr sie nachdenklich fort. „...bin ich mir sicher, dass ich alles richtig aufgeschrieben habe. Die falsche Eintragung ist nicht von mir."

„Unter Stress kann es doch mal passieren ..." wollte Nils einwenden, doch Isabelle schnitt ihm das Wort ab. „Ich habe sofort mitnotiert, was Daniela mir gesagt hat und später habe ich noch ein paarmal in die Akte gesehen." „Du meinst, Kathrin hätte die Eintragung nachträglich gefälscht?" Isabelle presste die Lippen zusammen und nickte.

„Es tut mir so leid für dich...", begann Kathrin, die unbemerkt herangekommen war. Isabelle schoss hoch. „Du bist eine Heuchlerin!", zischte sie sie an und lief davon.

Kathrin zog in gespielter Verwunderung die Augenbrauen hoch. „Dabei habe ich die Schuld schon auf mich genommen." Sie seufzte. „Und ich dachte, ich hätte schnell eine Freundin gefunden." Nils zuckte wortlos mit den Schultern und ließ sie auf dem Gang stehen.

„Isabelle, Sie gehen in den Schmutzraum", bestimmte die Oberschwester am nächsten Morgen, „Nils und Michaela teilen das Essen aus..." In diesem Moment hastete Kathrin den Gang entlang. „Entschuldigung, ich habe die falsche S-Bahn genommen", keuchte sie. „Ich bleibe dann heute Abend selbstverständlich etwas länger."

Doch die Oberschwester hatte vollstes Verständnis für Kathrins Verspätung. „Die ersten Tage in einer neuen Stadt sind immer etwas verwirrend", winkte sie ab. Während Erik, der heute auch mal wieder zu spät kam, ebenfalls in den Schmutzraum abkommandiert wurde, teilte Schwester Irene Kathrin zur Begleitung der Visite ein.

In Isabelles Augen stand der blanke Hass. Mit derselben gespielten Freundlichkeit hatte Kathrin gestern sie um den Finger gewickelt. Für heute hatte sie sich wohl die höheren Etagen vorgenommen. Und die Oberschwester schien voll drauf anzuspringen.

Während die Pflegeschüler sich schon auf der Station verteilten, zog Schwester Irene Kathrin zur Seite. „Sie haben im Test eine glatte Eins, obwohl Sie eine Stunde weniger Zeit als die anderen hatten." „Oh, das freut mich", lächelte Kathrin bescheiden. Anerkennend fügte Schwester Irene hinzu: „Eine sehr gute Leistung, vor allem, wenn man bedenkt, dass Sie so lange krank waren."

„Krank?", fragte Kathrin verwirrt zurück. Doch sofort bemerkte sie, dass sie gerade einen Fehler gemacht hatte. „Aber jetzt ist ja alles überstanden", holperte sie über ihre Unsicherheit hinweg. „Übrigens haben Sie hier ein sehr nettes Arbeitsklima", wechselte sie schnell das Thema. Die Oberschwester nickte geschmeichelt. „Schön, dass es Ihnen bei uns gefällt."

Innerlich stieß Kathrin einen Jubelschrei aus. Das war ja geradezu perfekt, wie der Professor den Grund für ihren Klinikwechsel übertüncht hatte! Nicht mal die Oberschwester wusste, dass die Uniklinik sie wegen Betrugsversuchs beim Examen 'rausgeworfen hatte!

Nils ließen die verwechselten Infusionen einfach keine Ruhe. Heimlich griff er die Akte Nuber aus dem Stapel, den Daniela schon für die Visite zusammengestellt hatte und verschwand in der Besucherecke. Konnte man vielleicht doch sehen, dass jemand Isabelles Notiz verändert hatte?

Leider musste er feststellen, dass die hinzugefügten Buchstaben sich nur darin von Isabelles Eintragung unterschieden, dass die Linien etwas dicker waren. Trotzdem war das immerhin eine Spur. Er klemmte die Akte unter den Arm und lief in den Schmutzraum.

„Wann schreibt man bewusst dicker?", fragte er Erik und Isabelle. Erik warf einen neugierigen Blick auf die Akte. „Wenn man etwas abdecken will." „Genau", nickte Nils triumphierend. „Und beim „K" und beim „Na" hat jemand mit dem Stift sehr fest aufgedrückt."

Isabelle musste trotz ihrer Verzweiflung lächeln. „Ihr seid lieb, aber diesen Beweis wird uns niemand glauben. Außerdem habe ich doch schon zugegeben, dass die Schrift von mir ist."

Gerade lief Kathrin auf dem Gang vorbei. Als sie sah, dass die drei die Köpfe zusammensteckten, kam sie misstrauisch näher. Da erblickte sie die Patientenakte. „Was habt ihr da zu kontrollieren?", fragte sie eine Spur zu scharf, um unbeteiligt zu wirken.

Nils sah ihr feindselig in die Augen. „Wir haben gesehen, was wir sehen wollten", sagte er langsam und mit einem drohenden Unterton. „Du willst doch nicht etwa behaupten...", brauste Kathrin auf. Doch sofort biss sie sich auf die Lippen. Wenn sie ausgesprochen hätte, was die anderen vermuteten, war klar, dass sie mehr wusste, als sie zugab. Ohne die drei noch eines Blickes zu würdigen, trug sie die Akte hinaus.

„Dich kriegen wir noch", murmelte Isabelle vor sich hin. „Wenn nicht jetzt, dann später."

„Isabelle!", tönte die Stimme von Oberschwester Irene über den Flur. Isabelle war schon auf dem Weg nach Haus. Jetzt kam sie angsterfüllt zum Stationsempfang zurück. Welche Intrige hatte Kathrin diesmal gegen sie ausgeheckt?

„Ich wollte Ihnen sagen", begann die Oberschwester mit strengem Blick, „dass der falsche Eintrag von gestern kein Nachspiel haben wird. Sie haben bisher ausgezeichnet gearbeitet, so dass ich in diesem Fall einmal Nachsicht übe."

Isabelle war völlig überrascht. Damit hatte sie nun wirklich nicht gerechnet. Die Oberschwester hatte ihr verziehen und außerdem hatte sie für ihre Arbeit ein dickes Lob bekommen – und das von Oberschwester

Irene, die mit Lob sonst sehr sparsam war. Es hätte nicht viel gefehlt und sie hätte der Oberschwester einen dicken Kuss auf die Wange gedrückt.

„Ich bitte aber, sich in Zukunft besser zu konzentrieren", schob die Oberschwester noch nach und wandte sich wieder den Patientenakten zu.

17

Erik schaltete für Herrn Amalfi, dessen Hände in dicke Mullbinden verpackt waren, den Fernseher ein und wählte das Opernprogramm. Sofort erfüllte die herzzerreißende Stimme einer italienischen Sängerin den Raum.

„Stört Sie die Musik?", wandte Erik sich an den alten Herrn, der ebenfalls auf dem Zimmer lag. Plötzlich fuhr ein Leuchten über Eriks Gesicht. „Herr Petersen!", stieß er erstaunt aus. „Was machen Sie denn hier?" Der alte Herr lächelte müde zurück. „Ich dachte schon die ganze Zeit, der Erik kennt mich nicht mehr."

Erik hatte Herrn Petersen und seiner Frau während seines Zivildienstes Essen auf Rädern gebracht. Dabei war er oft bei den beiden alten Leuten hängen geblieben, denn Herr Petersen war früher Schiffslotse am Hafen gewesen und hatte immer ein paar interessante Storys auf Lager. Und seine verstorbene Frau hatte den besten Apfelkuchen Hamburgs gebacken. Für Erik waren die beiden so eine Art Großeltern-Ersatz gewesen.

„Wie geht es Ihnen?", fragte Erik besorgt, denn Herr Petersen lag sehr bleich in seinen Kissen. „Schlecht,

13. Welche 3 Serien oder Sendungen schaust du im Fernsehen besonders gern an? Und welche Noten würdest du ihnen geben?

Platz 1: _____ Note: ____

Platz 2: _____ Note: ____

Platz 3: _____ Note: ____

Vor- und Nachname
_____

Straße / Hausnummer
_____

PLZ / Wohnort
_____

Bundesland
_____

Telefonnummer
_____

Geburtsdatum
_____

○ männlich ○ weiblich

. . . .

Antwortkarte

Dino Verlag
Roman-Befragung
Dorothee Lang
Rotebühlstraße 87

70178 Stuttgart

Gebühr
bezahlt
Empfänger

St. Angela-Band 2 „Liebe ist ansteckend"

Hallo liebe Leserin, lieber Leser,

wie gefällt dir dieses Buch? Deine Meinung dazu interessiert uns sehr:
Wir freuen uns über jede Idee und Anregung, damit wir die Bücher in Zukunft
noch besser machen können. Bitte sende uns diese Karte bald zurück, dann
kannst du mit etwas Glück **eine CD gewinnen.**

1. Wie bist du auf dieses Buch aufmerksam geworden? (mehrere Antworten möglich)
  ○ durch eine Anzeige   ○ durch Freunde   ○ durch TV-Werbung ○ im Laden gesehen
  ○ sonstiges: _____

2. Wie gefällt dir das Buch insgesamt?   Note: ____   (1 = sehr gut, 6 = ungenügend)

3. Wie gefällt dir die Titelseite des Buchs?   Note: ____

4. Was gefällt dir an diesem Buch besonders gut?_____

5. Was gefällt dir an diesem Buch nicht so gut?_____

6. Welche anderen St.-Angela-Bücher hast du schon gelesen? _____

7. Wenn du schon mehrere St. Angela-Bücher gelesen hast: Welches Buch hat dir am besten gefallen ?
_____

8. Wir planen gerade das nächste Buch, und du kannst mitentscheiden: .

  Wer soll im nächsten St. Angela-Buch die Hauptrolle spielen? _____

  Und welche Geschichte soll erzählt werden?_____

*In den folgenden Fragen geht es ganz allgemein um Bücher, die du gerne liest – also nicht nur um
die St.Angela-Bücher:*

9. Es gibt ja Bücher mit weichem Umschlag, und Bücher mit hartem Umschlag.
  Was gefällt dir besser?   ○ weicher Umschlag   ○ harter Umschlag

  Und warum gefällt dir das besser? _____

  Stört es dich, daß der 1. und 2. Band von St. Angela unterschiedliche Umschläge haben?
  ○ ja   ○ nein   ○ ist mir gar nicht aufgefallen

10. Welche Art von Büchern liest du am liebsten? (z.B.: Liebesromane, Krimis, Mystery, Bücher zu
  TV-Serien, Bücher zu Kinofilmen, Sachbücher z.B. zu Sport, Hobby, Tiere...)

  Besonders gerne lese ich: _____ und _____

11. Wie viele Bücher hast du in den letzten 6 Monaten ungefähr gelesen? ____

**12. Und wie heißen die beiden Bücher, die du vor dem Buch „St. Angela „ Liebe ist ansteckend"
  gelesen hast?**

  Buch 1: _____ Buch 2: _____

min Jung', ganz schlecht", gab Herr Petersen matt zurück.

Oberarzt Dr. Gröbe hatte bei ihm Magenkrebs im Endstadium festgestellt. Der Patient hatte nur noch wenige Wochen zu leben. Und jetzt wollte Dr. Gröbe ihn mit einer Chemotherapie behandeln, um die weitere Ausbreitung der Metastasen zu stoppen. Aber auch mit dieser Behandlung würde das Sterben nur um ein paar Monate hinausgeschoben – Monate, in denen der alte Mann halb bewusstlos und betäubt von Medikamenten in seinen Kissen dahinsiechen würde. Und Herr Petersen wusste genau, was ihn erwartete.

Erik schluckte. Hatte er den freundlichen, alten Mann nur wiedergetroffen, um endgültig von ihm Abschied zu nehmen? „Hier wird wirklich alles für Sie getan", versuchte er ihn aufzumuntern. Doch Herr Petersen schüttelte den Kopf. Ihm konnte man nichts mehr vormachen! „Was ist, wenn ich gar keine Behandlung mehr brauche?", gab er ruhig zurück.

Erik starrte ihn hilflos an. Er wusste, dass der alte Mann recht hatte. Er hatte keine Chance mehr. „Jetzt machen Sie erst mal die Therapie und dann geht es Ihnen schon viel besser", log er, gespielt hoffnungsvoll. „Och, Erik", unterbrach ihn Herr Petersen. „Das ist nett, dass du mir Mut machst, aber ich will meine letzten Tage nicht *so* verbringen."

In diesem Augenblick wurde Erik zu einem anderen Patienten gerufen. Aber er versprach Herrn Petersen, in der Mittagspause auf jeden Fall vorbeizukommen.

„Klar hole ich Ihnen Ihr Flaschenschiff aus der Wohnung", versprach Erik Herrn Petersen, den er in der Mittagspause ein wenig in den Gängen des Krankenhauses herumfuhr. Er hätte dem alten Mann, der nur noch wenige Wochen zu leben hatte, jeden Gefallen der Welt getan.

Erik schob den Rollstuhl an den Tisch und setzte sich dazu. „Ich bin so froh, dass ich dich hier getroffen habe, min Jung", lächelte Herr Petersen ihn an. Ernster fuhr er fort: „Ich hab' ein gutes Leben gehabt, eine gute Frau, einen schönen Beruf..." Er machte eine kleine Pause und warf Erik einen ruhigen, prüfenden Blick zu. „Und jetzt möchte ich einen guten Abgang", rückte er mit der Sprache heraus. „Du kannst mir doch sicher etwas besorgen, damit ich selbst ein Ende machen kann?"

Erik fuhr das kalte Entsetzen in den Nacken. Er hätte alles für Herrn Petersen getan, aber er konnte ihm doch keine tödlichen Medikamente geben! Herr Petersen ergriff Eriks Hand. „Bitte, Erik, du bist der einzige Mensch, der mir helfen kann. Mit den Ärzten kann ich über sowas doch nicht reden."

Erik wich den Augen des alten Mannes aus. Was sollte er jetzt machen? Einerseits konnte er sehr gut verstehen, dass Herr Petersen sich nicht noch wochenlang mit seinen Schmerzen quälen wollte, an deren Ende sowieso der Tod stand. Aber er durfte ihm doch nicht dabei helfen, seinem Leben ein Ende zu setzen!

Am Abend saß Erik mit Nils in der WG zusammen. Er wusste einfach nicht weiter. Konnte er Herrn Petersen seinen letzten Wunsch abschlagen? „Aktive Sterbehilfe ist strafbar", unterbrach Nils Eriks Gedanken.

„Aber in Holland geht das doch auch, wenn ein Patient es will", hielt Erik dagegen. Nils schüttelte ernst den Kopf. „Das ist nicht so einfach, wie du denkst. Da müssen mehrere Ärzte mitentscheiden."

Erik sah verzweifelt vor sich hin. „Du solltest mit Dr. Gröbe sprechen", riet Nils. Erik schnaubte abfällig durch die Nase. Ausgerechnet Gröbe! Der würde ihm nicht einmal zuhören!

Am nächsten Tag lief Erik mit Petersens Buddelschiff Dr. Gröbe in die Arme. „Kann ich Sie mal sprechen?", ergriff er die Gelegenheit beim Schopf. Gröbe warf ihm einen ungnädigen Blick zu. „Sie kommen mir gerade recht! Oberschwester Irene sagt, Ihr Test ist schon wieder unter dem Strich. Wenn Sie sich nicht auf den Hosenboden setzen, können Sie Ihre Ausbildung am St. Angela vergessen."

Erik zog ein Gesicht. Das wusste er selber. Aber jetzt ging es um etwas Wichtigeres als einen Fünfer in der Klausur. „Es geht um den Patienten Theo Petersen", nahm er einen neuen Anlauf. „Er möchte eine aktive Sterbehilfe."

Gröbe trat erstaunt einen Schritt zurück. „Und darüber hat er mit *Ihnen* gesprochen?" Erik nickte. „Ich kenne ihn von früher und mag ihn sehr."

„Wissen Sie", belehrte Gröbe Erik mit einem mit-leidigen Unterton, „im Pflegedienst trifft man immer wieder auf menschliche Schicksale, die einen seelisch überfordern können. Deshalb gebe ich Ihnen den Rat, sich mit Gefühlen zurückzuhalten. Wir müssen sachlich bleiben, sonst können wir unsere Arbeit nicht vernünf-tig machen." Und schon verschwand er mit wehendem Kittel im Chefarztzimmer.

Erik sah ihm frustriert hinterher. Er hatte es ja gleich gewusst! Ein Gespräch mit dem Oberarzt führte zu gar nichts.

Erik ging nicht in den Schmutzraum, sondern zielstrebig zu Dr. Falkenberg ins Arztzimmer. Es gab jetzt Wich-tigeres als dreckige Wäsche. Und wenn Dr. Gröbe tau-sendmal fand, seine Sorge um Herrn Petersen sei unpro-fessionell! Er musste einen Weg finden, ihm zu helfen!

Dr. Falkenberg hörte Erik immerhin zu. „Herr Petersen hat schreckliche Angst, dass er unter großen Schmerzen stirbt, wenn er Dr. Gröbes Behandlung verweigert", er-klärte Erik. Abweisend runzelte Dr. Falkenberg die Stirn. „Wir dürfen dem Patienten keinen Todescocktail geben. Sie wissen, dass..." „...das strafbar ist", ergänzte Erik ver-zweifelt.

„Viele Patienten reagieren mit Selbstmordgedanken auf eine aussichtslose Diagnose", führte Dr. Falkenberg aus. „Aber sobald die Schmerzen genommen sind, haben sie den akuten Todeswunsch nicht mehr. Dann wollen sie leben, so lange es geht."

Erik überlegte. Man konnte Herrn Petersen doch auch die Schmerzen nehmen, ohne ihn einer Chemotherapie zu unterziehen. Und wenn er die Medikamente zu Haus einnahm, würde er dort ohne Schmerzen seine letzten Tage verbringen!

Dr. Falkenberg nickte zu Eriks Vorschlag. Aber dieses Vorgehen musste auf jeden Fall mit dem Oberarzt abgesprochen werden. „Ich rede mit Dr. Gröbe", versprach Dr. Falkenberg, aber er stöhnte bei dem Gedanken innerlich auf. Der Oberarzt kehrte nicht nur gegenüber den Pflegeschülern den Oberlehrer 'raus, auch die Ärzte pflegte er von oben herab abzukanzeln.

Erleichtert bedankte Erik sich bei Dr. Falkenberg und lief in den Schmutzraum, um Isabelle bei der Wäsche zu helfen.

Wenig später hörte man aus dem Arztzimmer entnervtes Gebrüll. „Wollen Sie mir etwa unterstellen, ich treffe falsche Therapie-Entscheidungen?", ereiferte sich Dr. Gröbe. Falkenberg hielt lautstark dagegen: „Es geht darum, ob wir noch eine Chemotherapie machen oder ob wir es lassen. Wir wissen doch beide, dass wir Herrn Petersen nicht mehr heilen können!"

„Wir sind dazu da, Leben zu erhalten", zischte Gröbe zurück. „Und das werde ich auch im Fall Petersen so handhaben!"

Die Augen von Dr. Falkenberg verengten sich zu schmalen Schlitzen. Gröbe versuchte mal wieder, einen Patienten über die verschiedenen Möglichkeiten im

Ungewissen zu lassen. Dabei ging es dem Oberarzt offenbar weniger um das Wohl der Patienten als um das Geld, das er mit der Behandlung noch verdienen konnte. Aber Dr. Falkenberg hatte noch einen Trumpf in der Hand.

„Petersen *muss* Ihren Behandlungsmethoden nicht zustimmen", funkelte er Gröbe an. „Und ich werde den Patienten jederzeit über seine Rechte und über alternative Behandlungsmethoden informieren." Mit festem Schritt verließ er das Zimmer.

Gröbe sah ihm wütend hinterher. Er hatte Falkenbergs Drohung gut verstanden und er hatte wenig Lust, sich mit dem Kollegen am Krankenbett von Herrn Petersen auf lautstarke Auseinandersetzungen einzulassen.

Doch plötzlich glitt ein Grinsen über sein Gesicht. Das Recht war auf jeden Fall auf seiner Seite. Und wenn der Kollege noch so tobte!

Dr. Gröbe kam ins Schwesternzimmer, wo Erik und Isabelle gerade von der Oberschwester die Aufgaben für den Nachmittag in Empfang nahmen. „Ihr guter Wille in allen Ehren", wandte er sich gespielt freundlich an Erik, „aber ich kann Herrn Petersen nicht einfach nach Hause entlassen. Denn was der Mann braucht, ist medizinische Betreuung und zwar von Leuten, die darauf geschult sind."

„Dann werde ich ihn pflegen", schlug Erik sofort vor. „Ich werde Urlaub nehmen." Der Oberarzt warf ihm einen mitleidigen Blick zu. „Ich sagte *medizinische* Be-

treuung, in Kombination mit einer Sterbebegleitung."
„Ich verstehe." Erik sank in sich zusammen. Jetzt war
alles aus. Nicht mal Dr. Falkenberg hatte ihm weiterhelfen können.

Als Dr. Gröbe aus der Tür war, warf Oberschwester
Irene Erik einen prüfenden Blick zu. Es gefiel ihr, wie
sich der Pflegeschüler für den schwer kranken Herrn
Petersen einsetzte. „Isabelle macht die Schmutzarbeiten
heute Nachmittag allein. Und Sie suchen ein Sterbehospiz, wo Herr Petersen seine letzten Tage verbringen
kann. Ich gebe Ihnen die Adressenliste." Damit zog sie
einen dicken Ordner aus dem Regal.

„Sterbehospiz?", echote Erik. Die Oberschwester legte
die Adressliste auf den Schreibtisch. „Das sind Häuser,
ähnlich wie Hotels, in denen Todkranke seelisch und
medizinisch optimal betreut werden", erklärte sie ihm.
„Dort wird nichts mehr getan, um das Leben zu verlängern, aber die Patienten müssen auch keine
Schmerzen erleiden und können tun und lassen, was sie
wollen."

Ein Strahlen glitt über Eriks Gesicht. Das war die
Lösung! Er lief sofort los, um Herrn Petersen diese
Möglichkeit vorzuschlagen.

Herr Petersen war von Eriks Vorschlag, ihn in ein Sterbehospiz zu bringen, sofort überzeugt. Aber jetzt stand
Erik noch ein Telefon-Marathon bevor. Am späten Nachmittag war es so weit. Er hatte es tatsächlich geschafft,
noch für den selben Abend einen freien Platz in einem

139

Hospiz zu ergattern. Und Nils und Isabelle wollten Erik bei Herrn Petersens Umzug zu helfen.

„Einen großen Wunsch hätte ich noch", sagte Herr Petersen, als er mit den drei Pflegeschülern Richtung Ausgang ging. „Einmal im Leben noch die Elbe sehen, dann wäre ich der glücklichste Mann der Welt." Er seufzte sehnsüchtig und Erik kam es vor, als hätte er eine Träne im Augenwinkel des alten Mannes gesehen.

Die drei Freunde nickten sich zu. Es war Ehrensache, dass sie ihm diesen letzten Wunsch erfüllen würden.

Da kam Kathrin ihnen entgegen. „Hey, ich habe von der Sache gehört. Also wenn ich helfen kann..." „Lieber nicht!", fauchte Isabelle sie an. Doch Erik zögerte einen Moment. Kathrin war zwar eine Schlange, aber sie sah ziemlich gut aus. „Wenn die mitmacht, kannst du mich vergessen", zischte Isabelle ihm zu. Damit war das Thema erledigt.

Erik zuckte bedauernd die Achseln und stützte Herrn Petersen weiter Richtung Ausgang.

Die drei Freunde saßen mit Herrn Petersen am Elbstrand und sahen den großen Schiffen zu, die sich vorsichtig in den Fluss hineinmanövrierten. „Die kritischen Stellen im Strom muss man natürlich *genau* kennen", erklärte Herr Petersen mit leuchtenden Augen. Er ließ sich den frischen Wind um die Nase wehen und genoss diesen letzten Ausflug seines Lebens in vollen Zügen.

„Und Sie haben die Schiffe selbst gesteuert?",
fragte Isabelle. „Nein, das macht der Rudergänger",
erklärte Herr Petersen. „Als Lotse war ich Berater des
Kapitäns." Stolz ließ er seinen Blick übers Wasser glei-
ten.

„Früher als Kinder haben wir hier am Strand gespielt.
Und hier habe ich auch meine Lina kennen gelernt...",
fügte er sehnsüchtig hinzu. „Das muss toll sein, wenn
man sich ein Leben lang liebt", meinte Erik. „Das ist
es auch", nickte Herr Petersen versunken. Auch
Isabelle und Nils wurden jetzt sehr nachdenklich. „Und
was ist mit unserem Picknickkorb?", unterbrach
Herr Petersen plötzlich die Stille. „Ich habe Hun-
ger."

Erik zog die Decke von dem großen Korb, den er
unterwegs in der WG geholt hatte, und reichte Herrn
Petersen eine Flasche Bier. Nils wollte ihm in den Arm
fallen. Alkohol bei diesem schlechten Gesundheits-
zustand war lebensgefährlich! Doch Erik schüttelte
schweigend den Kopf und Nils verstand. Herr Petersen
sollte in seinen letzten Tagen tun und lassen, wozu er
Lust hatte. Die Gesundheit kam da ausnahmsweise mal
ganz zuletzt.

Herr Petersen prostete den drei Freunden zu und
nahm einen tiefen Zug aus der Flasche. „Weißt du eigentlich, wieviel Freude du Lina und mir immer gemacht
hast?", fragte er Erik. „Pünktlich war er ja nie", wandte
er sich lächelnd an Nils und Isabelle, „aber wenn er
dann endlich kam, hat bei uns immer die Sonne ge-

schienen." Erik wusste vor lauter Verlegenheit gar nicht, wo er hinsehen sollte.

„Lina und ich, wir haben ja nie Kinder gehabt", fuhr Herr Petersen fort und ließ seine Augen auf Erik ruhen, „aber wenn ich einen Sohn gehabt hätte, dann hätte ich ihn mir so gewünscht, wie du bist, min Jung'."

Erik nahm einen tiefen Schluck aus seiner Bierflasche und versuchte die Tränen zurückzudrängen. Es war nicht leicht, Abschied zu nehmen!

18

In letzter Sekunde riss Kathrin den Lenker ihres Rollers zur Seite. Es hätte nicht viel gefehlt und sie wäre hingefallen, weil so ein Idiot, ohne auf den Straßenverkehr zu achten, auf die Straße gelaufen war.

Sofort bremste sie ab und sah hinter sich. Zwischen den parkenden Autos ragte ein Paar lange Beine hervor. Hatte sie den Fußgänger doch gestreift? Erschrocken stellte sie den Roller ab und lief zu ihm.

Doch da rappelte sich der Fußgänger schon wieder auf. „Es war meine Schuld. Zum Glück haben Sie so gut reagiert." Der junge Mann, Kai Schröder, war vielleicht sechsundzwanzig und sah verdammt gut aus, wie Kathrin feststellte. Dass er ihr in den Roller gelaufen war, schien ihr plötzlich fast schicksalhaft. Irgendwie musste sie es hinkriegen, dass man sich wiedersah.

„Sollten Sie doch noch Hilfe benötigen, gebe ich Ihnen gerne meine Telefonnummer. Ich bin Schwester im Krankenhaus St. Angela."

Ihr Gegenüber lächelte charmant. „Dann haben wir denselben Weg. Ich muss auch ins St. Angela." Kathrin jubelte innerlich. Das ging leichter, als sie gedacht hatte! „Dann kann ich Sie ja auf meinem Motorroller mitnehmen", schlug sie sofort vor. „Warum nicht?", lächelte der junge Mann zurück. „Wir sehen uns demnächst ja bestimmt öfter. Ich fange nämlich als AIPler, als Arzt im Praktikum bei euch an." „Na, dann auf gute Zusammenarbeit", strahlte Kathrin und reichte Kai die Hand.

Erik starrte neugierig aus dem Fenster. „Guck mal, da kommt Kathrin mit ihrem Freund", rief er Nils zu. In seiner Stimme schwang leiser Neid mit. Nils sah kurz hinaus. „Ja, und?" Er knöpfte den Kittel zu und ging zur Stationsrezeption, wo Oberschwester Irene die Pflegeschüler schon erwartete.

Erik warf noch einen letzten Blick aus dem Fenster. Das war also der Grund, wieso Kathrin ihn so kalt hatte ablaufen lassen! Dann lief er Nils hinterher. Heute wollte er endlich mal wieder pünktlich zum Dienstbeginn da sein. Denn die ganze letzte Woche hatte er im Schmutzraum geschuftet, weil er jeden Tag zu spät gekommen war. Das sollte ihm heute nicht passieren!

Schwungvoll schob Isabelle den Essenswagen um die Ecke. Wenn sie die leeren Frühstückstabletts in den Keller gebracht hatte, sollte sie Dr. Eisenschmidt assistieren. Endlich hatte die Oberschwester sie mal wieder für die Notaufnahme eingeteilt.

Kathrin hingegen, die heute zu spät gekommen war, war fürs Erste in den Schmutzraum geschickt worden. Und auch das war ein Grund für Isabelles gute Laune.

Isabelle legte einen Zahn zu, denn gerade hielt der Fahrstuhl und sie wollte ihn auf jeden Fall noch erwischen. In der Fahrstuhltür rammte sie einen frühen Besucher, den sie völlig übersehen hatte. Geistesgegenwärtig hielt der Fremde sofort den Tablettstapel fest, der bereits bedenklich ins Rutschen geraten war.

„Entschuldigung", stammelte Isabelle leicht verwirrt. „Das ist heute schon mein zweiter Zusammenstoß", lachte der Besucher. Isabelle lächelte unsicher zurück. Der Mann war wenig älter als sie und sah richtig gut aus. Sie wollte den Wagen elegant in den Fahrstuhl schieben, doch statt dessen fuhr sie ihn mit lautem Knall gegen die Wand.

Isabelle wurde rot. Der Besucher musste sie für einen Trampel halten! Doch er lachte bloß, griff den Wagen und lenkte ihn in den Fahrstuhl. Isabelle konnte gerade noch ein „Danke" stottern, da war er schon durch die Schwingtür verschwunden.

„Weißt du, wer das war?", fragte Nils, der mit den Verwaltungsakten gerade noch in den Fahrstuhl sprang, ehe sich die Tür schloss. „Das war der Freund von Kathrin."

Isabelle erstarrte. Langsam konnte sie den Namen „Kathrin" nicht mehr hören. Kathrin kam bei den

Patienten super an, setzte, nach Ansicht von Daniela, die Spritzen wie ein Profi und sie schrieb die besten Klausuren. Und jetzt hatte sie auch noch einen Freund, der Brad Pitt locker in den Schatten stellte.

Isabelle versuchte sich vorzustellen, dass der Typ irgendeine Riesenmacke hatte und nahm sich fest vor, nicht mehr an Kathrin zu denken.

Als Isabelle zu Dr. Eisenschmidt in die Notaufnahme kam, gefror ihr Lächeln zu Stein. Kathrin hatte es irgendwie geschafft, die Arbeit im Schmutzraum auf jemand anderen abzuwälzen. Jetzt stand sie neben Eisenschmidt und klebte dem Patienten auf der Liege, Herrn Leitner, gerade ein Pflaster auf die Kopfwunde.

Herr Leitner hatte einen Autounfall gehabt und sich auf der linken Seite mehrere Rippen gebrochen. „Beherrschen Sie das Anlegen eines Dachziegelverbands?", fragte Dr. Eisenschmidt.

Isabelle griff hastig nach den vorbereiteten Klebestreifen, damit Kathrin ihr nicht schon wieder zuvorkam. „Das haben wir letzte Woche im Unterricht durchgenommen", nickte sie. Mit äußerster Vorsicht begann sie den Verband anzulegen, denn jede falsche Bewegung konnte dem Patienten große Schmerzen verursachen. Da stöhnte der Patient auch schon auf.

„So geht das nicht!", griff Eisenschmidt ärgerlich ein. „Haben Sie denn im Unterricht nicht aufgepasst?" Kathrin grinste in sich hinein. „Ich habe das schon Dutzende

Male gemacht", lächelte sie Eisenschmidt an und begab sich sofort an die Arbeit.

Eisenschmidt nickte anerkennend. „Sehen Sie sich das gut an, damit Sie es lernen", ermahnte er Isabelle, ehe er aus dem Zimmer ging.

Herr Leitner sah Kathrin aufmerksam ins Gesicht, während sie ihn geschickt verarztete. „Kenne ich Sie nicht aus der Uniklinik in Frankfurt?", fragte er plötzlich. Fast unmerklich zuckte Kathrin zusammen. „Ich glaube, Sie verwechseln mich", gab sie zurück und tat unberührt. „Doch, doch", beharrte Herr Leitner.

Unvermittelt drückte Kathrin Isabelle den nächsten Verbandstreifen in die Hand. „Ich glaube, ab hier kannst du auch weitermachen." Dann machte sie, dass sie aus dem Zimmer kam.

Isabelle starrte ihr nachdenklich hinterher. Wieso wollte sie von Herrn Leitner nicht erkannt werden? Und wieso schien sie in der Ausbildung viel weiter zu sein als die anderen Pflegeschüler? Irgendetwas stimmte da nicht.

Kai saß in der Besucherecke und blätterte lustlos in einer Zeitung. Jetzt wartete er schon zwei Stunden! Dr. Gröbe, bei dem er sich vorstellen sollte, war in Chicago und Dr. Falkenberg war bisher nicht aufgetaucht. Da bemerkte er am Ende des Gangs eine Frau, die sich mit unsicheren Schritten an der Wand entlang tastete. Plötzlich taumelte sie und fiel ohnmächtig hin.

Kai sprang auf und lief sofort zu ihr. Er fühlte den Puls und das Herz. „Habt ihr eine Liege?", fragte er Erik, der eben vorbeikam. „Die Dame muss in die Notaufnahme." Erik sprintete los.

Wenig später legte Kai der ohnmächtigen Frau, Rosi Engels, die Sauerstoffmaske an und brachte sie zusammen mit Erik in die Notaufnahme. „Sie ist kollabiert", informierte er Schwester Gabi. „Wahrscheinlich ein leichter Schlaganfall." Er lieh sich einen Kittel und verschwand mit der Liege in Behandlungsraum Eins.

Erik staunte. Kathrins Freund hatte alles voll im Griff, obwohl er sich im St. Angela überhaupt nicht auskannte.

„Dein Freund ist Arzt?", fing Erik Kathrin ab, die gerade aus dem Behandlungsraum kam. „Was dagegen?", gab Kathrin schnippisch zurück und eilte an ihm vorbei. Erik sah ihr staunend hinterher. Vermutlich hatte Nils tatsächlich recht: Kathrin war eine Nummer zu groß für ihn.

„Also, wenn ich mich recht erinnere, war das so", hörte Isabelle die Stimme von Herrn Leitner durch die halboffene Tür. Wie angewurzelt blieb sie stehen, um zu lauschen.

„Sie hatten gerade Ihr Schwesternexamen abgelegt", fuhr Herr Leitner fort. „Und es gab Sekt auf dem Stationszimmer, weil Sie als Beste abgeschnitten haben..."
„Ich glaube, da bringen Sie was durcheinander", fiel

Kathrin ihm jetzt ärgerlich ins Wort. Isabelle zog die Augenbrauen hoch. Kathrin hatte schon ihr Examen? Da war doch etwas oberfaul!

Als Isabelle Kathrin auf dem Flur begegnete, hielt sie sie grob am Ärmel fest. „Herr Leitner sagt, du hättest schon längst dein Examen, merkwürdig oder?", zischelte sie sie an. Kathrin macht sich mit einer heftigen Bewegung von ihr los. „Vielleicht hat der gute Herr Leitner seit seinem Autounfall einen Schaden am Kopf", giftete sie zurück und wollte weiterlaufen, doch Isabelle ließ sie einfach nicht vorbei. „Hör endlich auf, dich dauernd auf Kosten von anderen vorzudrängeln, sonst..."

„Was ist denn hier los?", unterbrach Nils die beiden. „Kinderkram", warf Kathrin ihm hin und rauschte ab.

Isabelle wetterte los: „Der werd' ich schon noch beweisen..." „Langsam kommt es mir vor, als würdest du unter Verfolgungswahn leiden", fiel Nils Isabelle ins Wort. „Die vertauschten Infusionen waren die eine Sache, aber jetzt kommt es mir so vor, als ob du eifersüchtig bist, weil Kathrin auf einmal die Beste von uns ist." Isabelle blieb der Mund offenstehen. Stand Nils etwa plötzlich auf Kathrins Seite? Erbost stürmte sie davon.

Nachdem Kai Frau Engels in den Behandlungsraum Eins gebracht hatte, kam er aus der Arbeit nicht mehr heraus.

Dr. Falkenberg und Dr. Kühn spannten ihn sofort auf der Intensivstation ein, denn es stellte sich heraus, dass der Zustand von Frau Engels bedrohlicher war, als man auf den ersten Blick angenommen hatte. Die Patientin hatte einen großen Tumor im Unterleib, der am nächsten Tag operiert werden sollte. Bis dahin kam Frau Engels auf die Intensivstation.

Die ganze Nacht schob Kai an ihrem Bett Wache, weil ihr Kreislauf so instabil war. Es war sieben Uhr morgens, als er endlich nach Haus gehen konnte. Auf dem Flur der Inneren traf er mit den Pflegeschülern zusammen, die gerade ihren Dienst antraten. „Hi, Kai. Wie war die Nacht?", rief Kathrin ihm lächelnd entgegen. „Sehr anstrengend", gab Kai kurz zurück und wandte sich an Schwester Daniela, die von ihm noch ein paar Daten für seine Einstellung brauchte.

„Kann ich mir denken, dass die Nacht klasse war", näherte sich Erik jetzt grinsend von hinten. „Mit einer Frau wie Kathrin im Bett..."

Kai fuhr herum. In seinen Augen blitzte es gefährlich. „Wer erzählt sowas?" Erik schrak ein wenig zusammen. „Ja, ich dachte... seid ihr nicht ein Paar?", stotterte er. Kai warf Kathrin einen vernichtenden Blick zu. „Wer streut denn dieses Gerücht?" Laut und deutlich fuhr er fort: „Ich habe Kathrin erst gestern kennen gelernt, genau wie Isabelle, Sie und die anderen Pflegeschüler." Damit wandte er sich zum Gehen.

Kathrin sah ihm mit hochrotem Kopf hinterher. Isabelle konnte sich das Lachen kaum verkneifen.

Endlich hatte Kathrin mal ordentlich eins auf den Deckel gekriegt! Aber das Beste war, dass sie endlich Kathrins Schwachstelle kannte: Kathrin liebte Kai, aber er nicht sie.

19

Erik traute seinen Augen nicht. Als er aus dem Kino kam, fand er am Laternenmast nur noch das Gerippe von Nils' funkelnagelneuem Trekkingbike – ausgebeint bis auf den Rahmen! Es hatte Erik sehr viel Überredung gekostet, bis Nils ihm endlich sein Fahrrad geliehen hatte. Und jetzt das!

Erik seufzte finster auf und schloss die Kette auf, mit der die Fahrradruine noch immer am Laternenmast angebunden war. Wie sollte er das nur Nils beibringen? Dabei konnte er dem Freund das Fahrrad nicht mal ersetzen, denn er war, wie immer, völlig blank. Frustriert schulterte er den Rahmen und lief durch die dunklen Straßen Hamburgs nach Haus.

Plötzlich hörte er aus einem offenen Fenster im Erdgeschoss leise Hilferufe. Erik horchte auf. Schnell stellte er den Rahmen zur Seite und zog sich am Sims hoch, um in das Fenster zu schauen. In der Wohnung sah es aus, als wäre ein Orkan hindurchgefegt. Überall lag zerbrochenes Porzellan, das Bücherregal war umgekippt und und mitten in dem Chaos lag eine junge Frau auf dem Rücken. Unter ihrem Nacken hatte sich eine kleine Blutlache gebildet.

Das sah nach Überfall aus! Erik kletterte eilig in die Wohnung und beugte sich über die junge Frau, die kaum älter war als er selbst. „Ganz ruhig. Ich hole den Notarzt. Was ist denn passiert?"

Die junge Frau, Natascha Reifferscheidt, schluchzte los. „Er hat mich betrogen. Jetzt habe ich den Mistkerl aus der Wohnung geworfen. Dabei wollten wir uns morgen verloben!" Erik ging ein Licht auf: Das Chaos in der Wohnung war das Ergebnis einer handfesten Beziehungskrise.

Vorsichtig untersuchte Erik die Wunde am Nacken. Es war nicht so schlimm, wie es auf den ersten Blick aussah. Sie hatte eine Platzwunde am Hinterkopf und wahrscheinlich eine leichte Gehirnerschütterung. Offensichtlich war Natascha gestürzt und mit dem Kopf auf die Tischkante geknallt.

Erik lieferte Natascha bei Dr. Falkenberg in der Notaufnahme ab. „Können Sie ein Zimmer auf der Inneren für sie vorbereiten?", hielt Falkenberg ihn zurück. „Die Chirurgie ist überbelegt." Erik zog ein Gesicht. Das war nicht fair, dass Falkenberg ihm eine zusätzliche Nachtschicht auflud!

Missmutig schulterte er wieder seinen Fahrradrahmen und schlurfte auf die Innere. Plötzlich tauchte Nils auf, der eben seinen Nachtdienst beendet hatte. Erschrocken sprang Erik in einen Seitengang, setzte den Fahrradrahmen ab und stellte sich so hin, dass er ihn verdeckte. Da lugte Nils auch schon um die Ecke. „Erik! Ich wusste doch, dass ich dich gesehen habe. Was machst du denn noch hier?" Erik grinste ihn schief an „Sag' mal, du bist nicht zufällig gegen Fahrraddiebstahl versichert?" Nils riss die Augen auf. „Willst du etwa sagen, mein funkelnagelneues Trekkingrad ist weg?" „Nicht ganz", versuchte Erik ihn zu beruhigen. In diesem Moment entdeckte Nils hinter Eriks Rücken die Reste seines Fahrrads! Erik hörte gerade noch den lauten Schrei, den Nils ausstieß, da hatte er sich schon aus dem Staub gemacht.

„Es ist alles aus", jammerte Natascha, als sie im Krankenzimmer lag. Erik versuchte sie zu beschwichtigen. „Kein Mann ist unersetzbar", gab er zurück und lächelte Natascha gewinnend an.

„Darum geht's doch gar nicht!", fiel sie ihm ins Wort. „Morgen früh kommt mein Vater mit dem Flieger aus Südafrika – nur um meine Verlobung zu feiern. Er wollte Chris kennen lernen. Außerdem hat er mir zur Verlobung hunderttausend Mark versprochen. Mit dem Geld wollte ich dann eine Boutique eröffnen. Alles geht schief!" Natascha war den Tränen nahe.

Erik war nicht aus Stein. Außerdem steckte bei Natascha jede Menge Geld im Hintergrund und er brauchte dringend 3.000 Mark, um Nils das Rad zu ersetzen. Er überlegte. „Und wenn ich für zwei Tage diesen Chris spiele?"

Natascha war schnell von Begriff. Das war die Lösung! Auch mit der Bezahlung erklärte sie sich sofort einverstanden. 100.000 minus 3.000 ergaben immer noch fast 100.000. Aber der Betrug musste natürlich *erstklassig* vorbereitet werden.

Erik holte sofort Papier und Bleistift und dann konnte es losgehen. „Chris, 29 Jahre, Autor und Schriftsteller", diktierte Natascha. „Hat erste Theaterstücke und einen Roman veröffentlicht, studiert im 16. Semester Literatur, Philosophie..." Erik kritzelte mit. „Du solltest schon ein paar Klassiker auswendig können", warf Natascha nebenbei hin.

Erik zog ein Gesicht. Da hatte er ja die ganze Nacht zu tun! Aber er hatte keine Wahl, denn er brauchte die Kohle! Dann notierte er weiter: „Herr Reifferscheidt, seit vier Jahren in Südafrika, Bankier, Hobby: klassische Literatur..."

Am nächsten Morgen schritt Erik durch die WG, in der Hand ein abgegriffenes Reclam-Heft, um den Hals eine Krawatte und zitierte Schiller: „Drum prüfe, wer sich ewig bindet, ob sich das Herz zum Herzen findet..."

Isabelle, die die Treppe herunterkam, konnte sich das Lachen nicht verkneifen. „Wie siehst du denn aus?" Erik war offensichtlich in die Altkleiderkiste gefallen. Zu einem schreiend bunten Hemd trug er eine ausgebeulte Anzughose und ein Jackett, aus dem er längst herausgewachsen war.

Erik fuhr herum. „Du bringst mich völlig 'raus! Ich muss noch jede Menge auswendig lernen!" Unter seinen Augen lagen tiefe Schatten. Zusammen mit den verstrubbelten Haaren gaben sie ihm direkt etwas Künstlerisches. In knappen Worten weihte Erik Isabelle ein. Sie sollte ihm am Nachmittag Oberschwester Irene vom Hals halten, so gut sie konnte.

Isabelle schüttelte den Kopf. Na, wenn das mal gut ging! Aber sie würde mitspielen, denn Erik versicherte ihr, dass die 3.000 Mark locker für beides reichen würden: Ein neues Fahrrad für Nils und die rückständige Miete für die vergangenen drei Monate.

Kathrin war heute früher als die anderen Pflegeschüler im St. Angela erschienen. Heimlich stahl sie sich ins Schwesternzimmer, zog die Dienstpläne aus dem Ordner von Schwester Irene und fuhr mit dem Zeigefinger die Namen ab. Endlich hatte sie gefunden, was sie suchte: Kai Schröder arbeitete heute in der Notaufnahme zusammen mit Michaela. Zufrieden steckte sie den Dienstplan in den Ordner zurück.

Ihr nächster Weg führte sie zu Oberschwester Irene. „Michaela möchte so gern auf Station arbeiten und wollte deshalb heute den Dienst mit mir tauschen", begann sie, wie nebenbei.

Die Oberschwester wunderte sich. Normalerweise war der Dienst in der Notaufnahme hoch begehrt, weil er am interessantesten war. Aber ihr war es letztlich egal, welcher Pflegeschüler wo arbeitete. „Also gut", nickte sie. Kathrin lächelte sie dankbar an und lief schnell in die Notaufnahme, ehe Michaela ihr doch noch einen Strich durch die Rechnung machen konnte.

Wenn alles glatt lief, würde Herr Reifferscheidt in ein paar Minuten in der Klinik auftauchen. Natascha hatte dafür gesorgt, dass ihr Vater am Flughafen ausgerufen und dann sofort ins St. Angela gebracht wurde.

Erik maß noch schnell ihren Blutdruck, dann schälte er sich aus seinem Kittel. Es konnte losgehen. „Oh nein!", entfuhr es Natascha, als sie seine Verkleidung sah. „Wenn Papa deinen Aufzug sieht! Er ist stockkonservativ!"

Erik sah enttäuscht an sich herunter. „Aber du hast doch gesagt, ich soll mich wie ein Künstler anziehen." „Aber eher wie ein seriöser Literat" wandte Natascha ein. „Papa hat mein Design-Studium immer für verrückt erklärt. Deshalb ist er ja so froh, dass wenigstens Chris auf seiner Linie ist." Zum ersten Mal kamen Natascha Zweifel, ob Erik einen Chris abgeben konnte, der ihrem Vater gefallen würde.

„Gib mir noch schnell einen Verlobungskuss – zum Üben." Sie zog Erik an der Krawatte zu sich heran und Erik schloss genießerisch die Augen für diesen angenehmsten Teil seines Jobs. Da öffnete sich auch schon die Tür.

„Natascha, mein Liebes!" Herr Reifferscheidt, ein stattlicher, graumelierter Herr, kam herein und schloss seine

Tochter in die Arme. Erik stand ein bisschen verloren daneben.

„Das ist Chris", stellte Natascha ihn jetzt vor. Herr Reifferscheidt musterte ihn von oben bis unten. „Normalerweise habe ich ein Auge auf Natascha", begann Erik und hüstelte vornehm. „Aber als sie gestern Abend beim Fensterputzen von der Leiter gefallen ist, war ich leider gerade bei einer Dichterlesung."

„Ein tolles Hemd, was Sie da anhaben", meinte Herr Reifferscheidt trocken. Dann drückte er Erik so fest an sich, dass er in seinem Griff fast erstickte. „Willkommen in der Familie!"

Natascha stellte mit Erleichterung fest, dass der falsche Chris ihrem Vater zu gefallen schien. Erik hielt sich mit seinen Bemerkungen so gut es ging zurück, um nichts Falsches zu sagen. Und wenn ihr Vater von Literatur anfing, würgte Erik ihn sofort mit Zitaten aus Schillers „Glocke" ab.

„Die Schriftsteller sind schon komische Käuze", zwinkerte Herr Reifferscheidt Natascha zu. „Lassen Sie mich doch etwas von Ihrer Lyrik hören", bat er dann.

Erik fuhr der Schreck in die Glieder. Darauf war er nun überhaupt nicht vorbereitet. Jetzt war alles aus! „Meine Lyrik...?", stammelte er ratlos.

„Die Gedichte sind noch geheim", griff Natascha ihm unter die Arme. „Der Verlag will nicht, dass sie vorzeitig an die Öffentlichkeit gelangen." „Aber als Schwiegervater...", begann Herr Reifferscheidt. Da öffnete sich die

Tür und der ganze Ärztestab, inklusive Schwester Daniela, kam zu einer zusätzlichen Visite.

„Ich bin Dr. Benrath, die Vertretung von Dr. Gröbe", stellte sich der neue Oberarzt vor. Im selben Augenblick war Erik unbemerkt aus dem Zimmer verschwunden. Draußen lehnte er sich an die Wand und atmete erst mal tief durch.

Das Gespräch mit Herrn Reifferscheidt war mindestens so stressig gewesen wie die letzte mündliche Prüfung bei Oberschwester Irene. Die 3.000 Mark waren wirklich schwer verdientes Geld! Aber wenigstens hatte ihn keiner der Ärzte angesprochen, sonst wäre das ganze Theater aufgeflogen!

Michaela kochte vor Wut. Den ganzen Tag hatte sie sich Sorgen gemacht, ob Schwester Irene wütend auf sie war, weil sie ihren Dienst in der Notaufnahme gestrichen hatte. Schließlich hatte sie sie einfach direkt gefragt. Und dann hatte sich herausgestellt, dass Kathrin dahinter steckte.

„Wir wissen doch schon länger, dass sie ein Miststück ist", meinte Isabelle. Die beiden warfen sich einen verschwörerischen Blick zu. Es war höchste Zeit, Kathrin mal ordentlich eins auszuwischen!

Am Abend schraubten Nils und Isabelle im Hof an Eriks altem Fahrrad herum. Erik hatte Nils großzügig versprochen, ihm für die nächsten Tage sein Rad zu leihen. Aber das brauchte erst mal eine Generalüberholung. „So eine Schrottmühle!", schimpfte Nils und versuchte den Achter aus dem Hinterrad herauszubiegen.

Da hörten Isabelle und Nils hinter sich ein gut gelauntes, dröhnendes Lachen. „Bei euch zu wohnen ist doch besser als im Hotel", dröhnte die Stimme von Herrn Reifferscheidt. „Ich will doch wissen, wie ihr beide wohnt."

Isabelle und Nils fuhren ungläubig herum. Erik wirkte völlig gestresst und machte Nils und Isabelle hektische Zeichen. Sie sollten auf jeden Fall mitspielen! Es ging hier um viel Geld und ein neues Fahrrad für Nils!

„Meine Schwester Isabelle", stellte er dann vor. „Und mein zukünftiger Schwager Nils." „Habe ich Sie nicht heute schon mal gesehen?", fragte Herr Reifferscheidt Isabelle. „Ich arbeite auch im Krankenhaus", nickte sie. Dann verschwanden die beiden im Haus. Nils und Isabelle hörten gerade noch, wie Herr Reifferscheidt zu Erik sagte: „Ich bin ja so gespannt auf Ihre Bibliothek."

Nils grinste schadenfroh. Erik stand ein stressiger Abend bevor. Wie wollte er Herrn Reifferscheidt erklären, dass seine Bibliothek aus drei speckigen Comics bestand? Und was würde er dazu sagen, dass Natascha kein eigenes Zimmer in der Wohnung hatte? Von der Unordnung, die mal wieder herrschte, ganz zu schweigen.

20

„Hat Kai Schröder dich auch schon gefragt, ob du ihm bei seiner Doktorarbeit hilfst?", fragte Isabelle Kathrin, die gerade zum Dienst kam. Kathrin horchte auf. „Wer für ihn die Daten der Gelbsuchtfälle in den letzten fünf Jahren herausschreibt, den will er zum Essen einladen", fuhr Isabelle fort und tat empört. „Stell dir vor, das ist alles, was er anbietet! Dabei braucht man dafür einen ganzen Tag!"

Kathrin wurde sehr still. Seit Tagen versuchte sie, an Kai heranzukommen. Und jetzt bot sich endlich eine Gelegenheit. Aber sie durfte keine Zeit verlieren, sonst war vielleicht eine andere Pflegeschülerin schneller als sie. „Ich mache es natürlich auch nicht", log sie Isabelle an.

Doch Isabelle und Michaela beobachteten mit diebischem Vergnügen, wie Kathrin wenig später zum Telefon griff. „Ich weiß, dass das ungeheuer viel Material ist", sagte sie ärgerlich in den Hörer. „Aber ich brauche die Akten trotzdem ganz, ganz dringend."

Erik hatte das ungute Gefühl, dass Herr Reifferscheidt Lunte gerochen hatte. Er hatte ihm alle seine Lügen abgenommen. Aber irgendwann am späteren Abend hatte Erik angefangen, sich in Widersprüche zu verwickeln.

„Ich hätte gar nicht gedacht, dass ihr noch getrennte Zimmer habt", lachte er, als er am folgenden Nachmittag bei Natascha auftauchte, die gerade mit Erik eine Krisenbesprechung hatte. Er setzte sich an ihr Bett und füllte gut gelaunt den Scheck über hunderttausend Mark aus. Erik und Natascha bekamen Stielaugen. Endlich war es geschafft!

Doch Herr Reifferscheidt packte den ausgefüllten Scheck wieder in die Jackentasche und meinte bedeutungsvoll zu Erik: „Aber erst zeigst du mir deine Bibliothek und deine Werke, nicht wahr? Und diesmal keine Ausrede mehr von wegen Zimmer nicht aufgeräumt."

Erik warf Natascha einen verzweifelten Blick zu. Wo in aller Welt sollte er bis heute Abend selbst geschriebene Gedichte und eine komplette Bibliothek herbekommen?

Erik war froh, als Isabelle Natascha zu einer zusätzlichen Untersuchung abholte. Er verabschiedet sich von Herrn Reifferscheidt unter dem Vorwand, er müsse an seinem neuen Gedicht arbeiten. Herr Reifferscheidt nickte vielsagend und zog sich in die Besucherecke zurück.

„Wissen Sie es wirklich nicht?" Dr. Falkenberg fuhr mit dem Ultraschallgerät über Nataschas Bauch. Die Blutwerte waren eigentlich schon eindeutig gewesen, aber auf dem Ultraschall sah man es ganz deutlich: Natascha war im zweiten Monat schwanger!

Natascha stockte der Atem. Doch dann glitt ein glückliches Lächeln über ihr Gesicht. „Bitte sagen Sie sofort Chris Bescheid", bat sie aufgeregt Isabelle. „Er soll schnell herkommen."

Isabelle lächelte spitzbübisch. Dann wählte sie die Nummer des Schwesternzimmers, wohin Erik sich zurückgezogen hatte. „Chris, du wirst Vater", flötete sie ins Telefon.

Am anderen Ende der Leitung herrschte einen Augenblick ungläubiges Schweigen. Dann ertönte die ärgerliche Stimme von Erik: „Hör auf, Isabelle, ich bin nicht Chris. Das Kind ist nicht von mir." „Natascha will dich sofort sehen", fuhr Isabelle ungerührt fort und fügte im Flüsterton hinzu: „Chris, ich glaube, sie will dich heiraten."

„Heiraten?", echote Erik entsetzt, aber Isabelle hatte schon aufgelegt. Erik sprang vom Sofa auf. Alles hatte seine Grenzen! Er hatte mit Natascha ein Hühnchen zu rupfen!

„Wo hat sich Kathrin heute eigentlich den ganzen Tag herumgetrieben?", fragte Oberschwester Irene Isabelle. „Ich glaube, die arbeitet an irgendeinem Spezialauftrag", meinte Isabelle und konnte sich ein Grinsen nicht verkneifen, als die Oberschwester ärgerlich bemerkte: „Ohne mir Bescheid zu sagen?"

Im selben Augenblick lief Kathrin mit einem Wagen über den Gang, der bis obenhin mit alten Akten vollgestapelt war. „Herr Schröder!", rief sie lautstark Kai hinterher, der gerade aus dem Arztzimmer kam. „Na, wo wollen wir heute Abend hingehen?", strahlte sie ihn an.

Kai drehte sich unwillig zu ihr um. Was war das denn jetzt schon wieder für eine plumpe Anmache? „Das sind die vollständigen Laborwerte aller Hepatitis-Fälle aus den letzten fünf Jahren", zwitscherte Kathrin ihn an. Als Kai immer noch nicht verstand, schob sie nach: „Für Ihre Doktorarbeit."

Kai warf ihr einen mitleidigen Blick zu. „Donnerwetter, da haben Sie ja richtig gearbeitet. Aber es sieht so aus, als hätte Ihnen jemand einen Streich gespielt." Damit verschwand er durch die Schwingtür.

Kathrin sah ihm fassungslos hinterher. Einen ganzen Tag hatte sie in allen Akten gewühlt und alles für nichts und wieder nichts! Außerdem hatte sie sich vor Kai bis auf die Knochen blamiert!

Ein junger Mann setzte sich zu Herrn Reifferscheidt in die Besucherecke und vertiefte sich in ein Buch. Es war Chris Kuhlen, Nataschas Verlobter. Nachdem er in die gemeinsame Wohnung zurückgekommen war und eine Blutlache auf dem Boden gefunden hatte, hatte er das Schlimmste befürchtet. Bei der Polizei hatte man ihm dann gesagt, dass Natascha mit leichten Verletzungen im St. Angela lag. Jetzt war er gekommen, um Natascha für seinen Seitensprung um Verzeihung zu bitten.

Als Herr Reifferscheidt das Buch sah, in dem Chris las, bekam er große Augen. „Entschuldigen Sie", wandte er sich an Chris. „Ist das die Shakespeare-Ausgabe von Ortlepp aus dem Jahr 1876?" Chris zog erstaunt die Augenbrauen hoch. „Sie kennen die Ortlepp-Ausgabe?" Schon war ein angeregtes Gespräch im Gange und die beiden waren sich sofort sehr sympathisch.

Natascha war am Boden zerstört, als sie mit Isabelle auf die Station zurückkam. Erik hatte ihr mitgeteilt, dass er keine Minute länger ihren Verlobten spielen wollte. Sie hatte gebeten und gebettelt, hatte das Honorar auf 5.000 Mark erhöht. Aber Erik war hart geblieben. „Dann kannst du die 3.000 auch vergessen", hatte sie ihm hingeworfen und war wütend abgerauscht.

Aber jetzt hatte sie ein Problem. Sie hatte keinen Mann mehr, aber demnächst ein Kind. Welche Lüge sollte sie ihrem Vater jetzt auftischen? Da kam er ihr auch schon entgegen.

Natascha entschied sich, die Flucht nach vorne anzutreten. „Papa!", fiel sie ihm um den Hals. „Ich muss dir was beichten." Herr Reifferscheidt lächelte zufrieden. „Ich habe doch längst alles gemerkt." „Du hast gemerkt, dass ich schwanger bin?", fragte Isabelle fassungslos. Jetzt war es Nataschas Vater, der den Mund nicht mehr zu bekam. „Du wirst Großvater", wiederholte Natascha und lächelte ihn glücklich an.

Da entdeckte sie Chris, der hinter ihrem Vater auftauchte. Einerseits wäre sie ihm am liebsten um den Hals gefallen. Andererseits verspürte sie das unwiderstehliche Verlangen, ihn auf den Mond zu schießen nach allem, was er ihr angetan hatte!

Chris hielt ihr einen riesigen Blumenstrauß unter die Nase und bat schuldbewusst: „Verzeihst du mir?" Natascha sah ihn finster an, doch dann musste sie ihm einfach um den Hals fallen. Sie hatte ihn in den letzten beiden Tagen schrecklich vermisst. „Willst du mich heiraten?", flüsterte Chris ihr ins Ohr und gab ihr einen langen Kuss.

Herr Reifferscheidt, den sonst nichts so leicht aus der Bahn warf, musste sich heimlich eine Träne aus dem Auge wischen. Er wurde Großvater und bekam den belesensten Schwiegersohn aller Zeiten!

Und Erik blieb auf seinen Mietrückständen sitzen. Obendrein bekam er am Abend auch noch Ärger mit Nils, denn ihm fehlten genau 3.000 Mark für ein neues Trekkingbike.

21

Erik fühlte sich total in die Enge getrieben. Gestern hatte die Oberschwester ihn vor der versammelten Klasse zusammengestaucht, weil er im Anatomietest Eins eine glatte Fünf geschrieben hatte. „Wie wollen Sie in einem medizinischen Beruf Fuß fassen, wenn Sie den Meniskus für einen Backenzahn halten?", hatte sie ihn spöttisch gefragt.

In der vergangenen Nacht hatte die Oberschwester ihn bis in seine Träume verfolgt und ihn unter höhnischem Gelächter mit lateinischen Knochennamen bombardiert. Und zu allem Überfluss stand heute Abend Anatomietest Zwei auf dem Programm.

„Du musst es einfach auswendig lernen – wie Vokabeln", versuchte Nils Erik auf die Sprünge zu helfen und fragte ihn weiter ab. „Trachea ist die ...?" „Luftröhre?", mutmaßte Erik. Doch dann zuckte er frustriert mit den Schultern. „Es ist sowieso alles egal! Die Oberschwester will mich loswerden und das schafft sie auch demnächst."

Nils schüttelte den Kopf. „Mit so einer Einstellung kann das ja nichts werden!" Die beiden wurden von Dr. Eisenschmidt unterbrochen, der Nils zu sich rief.

Erik wandte sich wieder dem Auffüllen des Medikamentenschranks zu. Trübe murmelte er lateinische Namen vor sich hin. Wenn er heute Abend nicht mindestens eine Vier schrieb, konnte er seine Ausbildung zum Krankenpfleger abhaken.

„Herr Hansen, kommen Sie bitte", rief Dr. Benrath ihn zu sich in die Notaufnahme. Eben war ein bleicher, stoppelbärtiger Mann in den Behandlungsraum hineingewankt, der heftig würgte.

„Im Flieger fing's an", stöhnte der Patient, Herr Dornbusch, der von Fieberkrämpfen geschüttelt wurde. „Vielleicht lag's an dem Fisch, den es im Flugzeug gab." Herr Dornbusch musste wieder würgen. „Mit Remouladensoße", schob er noch nach.

Schnell holte Erik eine Nierenschale. „Ich muss heute zu einem Symposium", wandte Dr. Benrath sich an Erik. „Ich schicke Dr. Eisenschmidt vorbei. Lassen Sie alle Werte untersuchen – großes Labor. Und machen Sie eine Elektrolytlösung fertig." Eilig setzte er dem Patienten eine magenberuhigende Spritze. Dann ließ er ihn mit Erik allein, der sich sofort an die Arbeit machte.

„Wie ist seine Temperatur, Erik?", ertönte die schneidende Stimme von Oberschwester Irene. Erik stieß einen Entsetzensschrei aus und machte einen Riesensatz nach hinten. Mit Oberschwester Irene hatte er hier in der Notaufnahme wirklich nicht gerechnet! Die

Oberschwester sah ihn erstaunt an. „Was ist los? Sie sehen ja aus, als hätten Sie ein Gespenst gesehen!" Erik rang nach Luft. Für ihn war die Oberschwester schlimmer als jedes Gespenst, sie war das Unheil in Person!

„Tut mir leid", stammelte er und versuchte sich wieder in den Griff zu bekommen. „Die Temperatur ist 39,6." Die Oberschwester brach sofort in hektische Betriebsamkeit aus. Mit so hohem Fieber war nicht zu spaßen! „Machen Sie Eis fertig", wies sie Erik an. „Und wir müssen einen Zugang für eine Ringerlösung legen." Da schob Erik bereits den Infusionsständer heran. „Schon vorbereitet."

Oberschwester Irene nickte ihm erstaunt zu. Dann wandte sie sich an Herrn Dornbusch, dem es nach wie vor sehr schlecht ging. „Wann haben Ihre Beschwerden angefangen?" „Gestern vor dem Abflug", ächzte der Patient. Die Oberschwester stutzte. „Sie waren verreist?" „Ich war als Reporter am Amazonas in Südamerika." Jetzt wurde Oberschwester Irene deutlich nervös, denn sie befürchtete das Schlimmste. „Hohes Fieber, Erbrechen und Durchfälle?", fragte sie den Patienten aus. Herr Dornbusch nickte zu allem, was sie aufzählte.

Der Oberschwester traten Schweißperlen auf die Stirn. All das waren Anzeichen für die hochgradig ansteckende Cholera. Man musste sofort eine Stuhlprobe ins Labor schicken, um sie auf Cholerabakterien untersuchen zu lassen. Außerdem mussten alle, die mit dem Patienten in

Kontakt gekommen waren, vorsorglich in Quarantäne, bis das Laborergebnis da war – und das waren zu allererst sie selbst und Erik. Wenn es nur ein Schlupfloch für die Bakterien gab, konnte sich die Krankheit sprunghaft über ganz Hamburg ausbreiten!

Erik wurde bleich. Er würde den Rest des Tages mit der Oberschwester im selben Zimmer verbringen müssen, und wenn sie tatsächlich infiziert waren, vielleicht sogar Wochen!

Schon fünf Minuten später wurden Erik und Oberschwester Irene von einer völlig vermummten Schwester Daniela in den Quarantäneraum geführt.

„Haben Sie schon die Behörden informiert?", fragte die Oberschwester. „Alle, die mit dem Patienten Kontakt hatten, könnten infiziert sein." Schwester Daniela nickte hinter ihrem Mundschutz. „Schon passiert." „Und Dr. Benrath?", fragte die Oberschwester besorgt weiter. „Er hat Herrn Dornbusch in der Notaufnahme aufgenommen." Daniela versprach, ihn anzurufen.

Als Daniela bereits in der Tür des Quarantänezimmers stand, gab die Oberschwester noch eine Reihe von Anweisungen, die Schwester Daniela schließlich leicht ungeduldig unterbrach: „Ich weiß Bescheid, Oberschwester!"

Sorgenvoll seufzte die Oberschwester auf, als sie mit Erik in dem kahlen Raum allein war. Die ganze Station würde zusammenbrechen, wenn sie heute nicht auf ihrem Posten war. Und Daniela konnte doch allein die viele Arbeit gar nicht bewältigen! Abgesehen davon, dass sie die einzige war, die sich auf der Station wirklich auskannte.

Sie griff zum Telefon, um Daniela noch eben durchzugeben, dass Herr Breuer auf Zimmer 441 ab heute vegetarische Kost bekam. Doch Daniela dachte gar nicht daran, ans Telefon zu gehen. Sie zog die Schutzkleidung aus, murmelte eine leise Beschimpfung vor sich hin und verschwand auf die Innere.

Als Oberschwester Irene sich zu Erik umdrehte, traute sie ihren Augen nicht. Er hatte es sich auf einer Liege bequem gemacht und döste bereits vor sich hin. Da er doch nichts an seiner Situation ändern konnte, hatte er beschlossen, sich damit abzufinden und das Beste draus zu machen.

Leider hatte er nicht mit der Oberschwester gerechnet. „Sie nehmen die Cholera ja wirklich sehr gelassen." Erik räkelte sich ein bisschen und öffnete ein Auge. „Vielleicht ist es ja gar keine Cholera", gab er ruhig zurück. „Ich bin da eher Optimist."

Die Oberschwester, die noch immer in Katastrophenstimmung war, fühlte sich von Erik irgendwie nicht ernst genommen. „Es kann wenige Stunden oder ein paar Tage dauern, bis die ersten Symptome auftreten", belehrte sie ihn streng.

Erik setzte sich auf. „Dann haben wir ja Zeit für ein paar Runden Offiziersskat." Er zog ein Kartenspiel aus seiner Kittelschürze und begann zu mischen. „Kartenspielen?", fragte die Oberschwester entgeistert.

Entschlossen nahm sie ein paar medizinische Bücher vom Wandregal und baute sie vor Erik auf. „Jetzt wird gelernt! Nachher machen wir einen Anatomietest."

Erik starrte verzweifelt auf die Bücher. Nicht mal in dieser Situation, infiziert mit einer schweren Krankheit, wurde die Oberschwester menschlicher! Und wie, um Himmels willen, sollte er ohne Nils, der ihm die Lösungen zuflüsterte, einen Anatomietest bestehen?

Im Moment gab es für ihn auf jeden Fall nur einen Ausweg: Lernen. Also beugte Erik sich über das Lehrbuch und begann verbissen, sich lateinische Knochenbezeichnungen einzutrichtern.

Die Oberschwester hatte sich unterdessen schon wieder ans Telefon gehängt. Bis die Cholera bei ihr ausbrach, wollte sie die Arbeit auf der Station so weit geregelt haben, dass man ein paar Wochen ohne sie auskam. Eifrig diktierte sie Daniela, was zu tun sei.

Das Telefon an der Rezeption klingelte und klingelte. Doch Schwester Daniela füllte ungerührt weiter Patientenakten aus. „Gehen Sie nicht 'ran?", wunderte sich Dr. Falkenberg, der eben vorbeikam. Daniela stöhnte genervt auf, aber nahm schließlich doch den Hörer ab. „Oberschwester!", flötete sie, gespielt erstaunt, ins Telefon. „Mit Ihnen hätte ich jetzt überhaupt nicht gerechnet... Nein, die Bestellungen sind noch nicht fertig." Doch plötzlich blaffte sie los: „Und jetzt lassen Sie mich in Ruhe!" Damit knallte sie den Hörer auf.

Dr. Falkenberg zog die Augenbrauen hoch. „Dicke Luft?", fragte er mitfühlend. Da ging auch schon wieder das Telefon. Jetzt hatte Daniela die Nase aber gestrichen voll. Sie griff nach dem Hörer und blaffte hinein: „Noch ein Anruf und ich knips' Ihnen die Leitung ab!" Doch dann schluckte sie und wurde plötzlich sehr freundlich. „Aber natürlich, Herr Dr. Benrath", nickte sie und reichte den Hörer an Dr. Falkenberg weiter.

„Haben Sie sich schon in der Quarantäne eingelebt?", witzelte Dr. Falkenberg in den Hörer. Doch Dr. Benrath war im Augenblick überhaupt nicht nach Scherzen zumute. Das gesamte Symposium mit 50 Ärzten war im Vortragssaal eingeschlossen, denn jeder, der Dr. Benrath die Hand geschüttelt hatte, konnte jetzt die Cholera haben. Und weil alle misstrauisch in sich hineinhorchten, ob sie schon erste Krankheitssymptome an sich bemerkten, interessierte sich niemand mehr für den Vortrag, den der Oberarzt in den letzten Wochen so eifrig ausgearbeitet hatte.

Wütend erkundigte er sich jetzt, ob das Labor schon durchgegeben hatte, welche Krankheit Herr Dornbusch hatte. Aber die Laborergebnisse waren noch nicht da. „Natürlich informiere ich Sie sofort", versprach Dr. Falkenberg und verbiss sich das Lachen. Doch kaum hatte er den Hörer aufgelegt, prustete er los: „Dr. Benrath ist stinksauer!" Auch Daniela begann zu kichern: „Die Oberschwester auch. Wenn sie 'rauskommt, reißt sie mir den Kopf ab."

„Eine glatte Eins", sagte die Oberschwester völlig erstaunt, als sie Erik den Test zurückgab. Erik grinste schief. Schwester Irene hatte ihm ja auch keine andere Wahl gelassen, als stundenlang zu lernen! Die Oberschwester setzte sich zu ihm. „Sie denken, dass ich Sie nicht mag, nicht wahr?"

Erik druckste ein bisschen herum. „Sie sind eben ein Workoholic, ein Arbeitstier, und das bin ich nicht."

Die Oberschwester runzelte die Stirn. Doch dann erklärte sie Erik sanft: „Ich habe viele Pflegeschüler kommen und gehen sehen, aber Sie heben sich aus dem Haufen heraus." Erik zog ein ungläubiges Gesicht.

„Ich habe gesehen, wie Sie Patienten beruhigen oder sie zum Lachen bringen, wie kein anderer das schafft", fuhr Schwester Irene fort. „Eine Infusion anlegen kann jeder. Aber die Patienten emotional stärken, das kann nicht jeder." Erik wurde ganz verlegen. So viel Lob auf einmal hatte er noch nie gehört! Es kam ja geradezu auf ihn niedergeprasselt.

„Und deswegen macht es mich so wütend, wenn Sie bei einfachen Dingen wie einem Test versagen", raunzte die Oberschwester und hatte plötzlich wieder ihre übliche Donnerstimme, die alle fürchteten. Aber diesmal blieb Erik unbeeindruckt. „Wie zum Beispiel Anatomie?", fragte er sachlich. Die Oberschwester nickte. „Genau!"

Doch dann wurde Oberschwester Irene mit einem Mal sehr nachdenklich. Gerade hatte sie Erik eine so schöne

Rede über menschliche Einfühlsamkeit gehalten, aber ihre eigenen Pflegeschüler hielten sie offenbar für eine seelenlose Arbeitsmaschine. Ließ sie sich wirklich so von der Arbeit auffressen, dass sie zum Schreckgespenst für die Pflegeschüler wurde?

Völlig unvermittelt fragte sie: „Ist Offiziersskat schwer zu lernen?" Erik sah sie verblüfft an. „Nicht so schwer wie Anatomie", grinste er.

Die Oberschwester lächelte zurück. Dann setzte sie sich und begann die Karten zu mischen. Erik sah fassungslos zu. Aber was auch immer in Oberschwester Irene gefahren sein mochte: So war sie ihm auf jeden Fall tausend Mal lieber als mit dem wohlbekannten Steingesicht.

Also setzte er sich zu ihr, teilte die Karten aus, erklärte die Regeln und das Spiel konnte losgehen.

Die Oberschwester deckte die Karten zur vierten Runde auf. Sie hatte erstaunlich schnell die Regeln kapiert, fand Erik. Jetzt hatte sie ein Superblatt, aber Erik konnte ja vielleicht auf Null Ouvert reizen. Da schrillte das Telefon.

Gewohnheitsmäßig wollte die Oberschwester aufspringen, doch plötzlich überlegte sie es sich anders. „Wenn wir die Cholera haben, erfahren wir das noch früh genug, oder?", fragte sie. Erik grinste breit zurück. Endlich hatte Oberschwester Irene begriffen, dass blinde Arbeitswut nicht die einzige Möglichkeit des Überlebens war.

„Achtzehn!", reizte er mit einem Pokerface los. Das konnte noch ein richtig gemütlicher Abend werden! Die Anatomieprüfung war bestanden, die Oberschwester war eine brauchbare Skatspielerin und seine Horrorvorstellungen von seinem Rausschmiss hatten sich in Luft aufgelöst.

22

„Tolle Maschine!", schwärmte Nils und begutachtete fachmännisch Kais Motorrad. „Eine Superblackbird! In neun Sekunden auf 100 Stundenkilometer!" Jetzt kam auch Isabelle näher. „Guten Morgen, Herr Schröder", begrüßte sie Kai, der noch damit beschäftigt war, sich aus seiner Ledermontur zu schälen.

Plötzlich schoss Kathrin um die Ecke und drängelte sich zwischen Nils und Kai. „Ich liebe Motorräder! Mein Vater hatte auch immer eins!" Kai warf ihr nur einen kurzen Blick zu und wandte sich dann an Nils. „Ich habe das Motorrad am Samstag ..." „Nehmen Sie mich mal mit?", fiel Kathrin ihm ins Wort und lächelte gewinnend. Kai zog leicht genervt die Augenbrauen hoch. „Ich hab' keinen zweiten Helm", kanzelte er sie ab. „Der Dienst ruft", entschuldigte er sich dann bei Nils und verschwand in der Klinik. Kathrin sah ihm enttäuscht hinterher. „Kai hier, Kai da", äffte Isabelle Kathrin nach. „Kai ist wohl doch eine Nummer zu groß für dich." „Neidisch?", gab Kathrin spitz zurück und lief Kai hinterher. Sie war sich sicher, dass sie Kai früher oder später um den Finger wickeln würde. Sie musste nur dranbleiben!

Doch Oberschwester Irene teilte Kathrin heute zum Stationsdienst ein statt für die Notaufnahme. Isabelle grinste hämisch. „Oberschwester Irene kann auf der Station eben nicht auf mich verzichten", meinte Kathrin schnippisch und ging an die Arbeit.

Klein und hilflos lag eine bleiche Patientin auf der Behandlungsliege und sah Nils mit großen Augen an. Die Dreiundzwanzigjährige war mit starken Unterleibsblutungen auf dem Jungfernsteg zusammengebrochen.

Nils lächelte ihr aufmunternd zu. „Ich werde Ihre Daten aufnehmen. Wie heißen Sie?" Die Patientin reagierte nicht. „Ihren Namen will ich wissen", wiederholte Nils, jetzt etwas unfreundlicher. Erschrocken sah die Patientin ihn an. Dann führte sie zwei Finger zum Mund und schüttelte den Kopf.

Endlich verstand Nils. „Sie sind taub?", fragte er. Dabei bemühte er sich, die Worte deutlich auszusprechen, denn er wusste, dass taube Menschen häufig die Worte vom Mund ablesen können.

Die junge Frau lächelte erleichtert und nickte. Nils schluckte. Wie ausgeliefert musste sie sich fühlen! Sie hörte nicht, was um sie herum vorging, und offenbar war sie auch noch stumm und konnte nicht ausdrücken, was ihr fehlte. Entschlossen begann er, die Patientin brüllend nach ihren Daten zu fragen. Doch sie setzte sich einfach auf, nahm ihm den Stift aus der Hand und füllte den Anmeldebogen selbst aus.

Nils sah ihr beschämt zu. Nein, diese taubstumme Frau brauchte man nicht zu bemitleiden. Sie löste die Probleme, indem sie, statt abzuwarten, die Dinge selbst in die Hand nahm. „Sie heißen Laura?", las Nils. „Und sind im dritten Monat schwanger?" Laura nickte strahlend und strich als Antwort mit der Hand über ihren Bauch.

Als Dr. Falkenberg die taubstumme Patientin zum Ultraschall abholte, hatte sie Nils schon die ersten Wörter in Gebärdensprache beigebracht. Wenn man „Ja" meinte, zog man die Hand vom Mund weg. Für „Nein" ballte man die Hand zur Faust und spreizte zwei Finger weg.

Nils war richtig stolz, als Laura ihm zugebärdete: „Du machst das gut." Das meiste las er aber, so wie Laura bei ihm, von den Lippen ab, die sie beim Gestikulieren stumm bewegte.

Dr. Falkenberg gab sich größte Mühe, deutlich zu sprechen, damit Laura ihn verstand. Auf dem Ultraschall sah man jetzt das schlagende Herzchen ihres Kindes und außerdem – drei Knoten! Falkenberg hielt die Luft an. Das sah nach Krebs aus.

Laura, die den Arzt genau beobachtet hatte, wusste sofort, dass da etwas nicht stimmte. Nervös fragte sie in der Gebärdensprache, was los sei. Doch diesmal verstand nicht einmal Nils sie, da sie vor Aufregung sehr schnell gebärdet hatte.

Nils brachte ihr Papier und Bleistift und Laura schrieb in großen Buchstaben: „Ist etwas mit meinem Baby? Bitte sagen Sie mir die Wahrheit!"

Falkenberg seufzte. Dann nahm er ebenfalls den Stift und schrieb die unbestimmte Antwort: „Wir müssen weitere Untersuchungen abwarten."

Nils brachte Laura einen Tee aufs Zimmer. Laura lächelte ihn an und zeigte ihm das Bild, an dem sie gerade malte. Nils staunte. Laura hatte ihn aus der Erinnerung naturgetreu gezeichnet! Sie strich Nils sanft mit dem Finger über die Augen und gebärdete dann: „Schöne Augen." Nils lächelte, ein bisschen verlegen. Er hatte verstanden.

Ein wenig unbeholfen begann jetzt Nils zu gestikulieren: „Ich mag dich gern." Laura lachte. Nils hatte, ohne es zu merken, einen lustigen Fehler in seinen Satz eingebaut, aber sie wusste trotzdem, was er sagen wollte.

Jetzt war Nils neugierig, was Laura auf dem zweiten Blatt gemalt hatte. Erst wollte sie es ihm nicht zeigen. Es gab eine kleine Kabbelei, aber schließlich gab sie nach. Laura hatte in wenigen talentierten Strichen eine Mutter gemalt, die ihr Baby liebevoll an sich drückt.

„Und dein Freund?", fragte Nils und bemühte sich, deutlich zu reden. Laura schüttelte den Kopf. In einer Mischung aus Gebärde und Pantomime machte sie Nils klar, dass sie ihren Freund aus der Wohnung geworfen hatte, weil er sie sehr enttäuscht hatte. Dann schrieb sie in großen Buchstaben auf den Zeichenblock: „Aber mein Baby will ich unbedingt behalten! Ich liebe es über alles!"

Auf den Bildern der Kernspin-Tomographie sah man, dass die Tumoren in Lauras Unterleib größer waren, als Dr. Falkenberg angenommen hatte. Und das hieß für Ulrike Kühn, dass man auf jeden Fall operieren musste. Sie hatte für die OP bereits Blutkonserven der Gruppe B negativ bestellt.

„Aber dabei wäre der Embryo nicht zu retten?", schaltete Dr. Falkenberg sich ein. Ulrike schüttelte stumm den Kopf. Falkenberg fuhr sich durch die Haare. Aufgeregt hielt er Dr. Kühn Möglichkeiten vor, das Baby zu retten. Doch nach Ansicht von Dr. Kühn gab es sowieso nur wenig Hoffnung, dass das Kind durchkam. Und ohne Operation bestand das Risiko, dass die Metastasen sich über Lauras ganzen Körper ausbreiteten.

„Ich habe nicht den Eindruck, dass Laura dieser Operation zustimmen wird, bei der sie ihr Baby verliert", meinte Falkenberg ernst.

In diesem Moment steckte Daniela den Kopf durch die Tür. „Blutkonserven B negativ sind im Augenblick nicht zu bekommen wegen eines Massenunfalls auf der Autobahn." „Versuchen Sie es in Lübeck oder Lüneburg", gab Dr. Kühn zurück. Man musste sich auf jeden Fall darauf vorbereiten, dass Laura operiert wurde.

Das war Nils noch nie passiert: Er hatte völlig die Zeit vergessen. Noch noch immer saß er an Lauras Bett und flirtete mit ihr, halb mit Blicken, halb in Gebärdensprache. „Du gefällst mir", gebärdete er jetzt und lächelte Laura verlegen an.

Laura sah auf einmal sehr ernst aus. Sie griff wieder zum Stift und schrieb: „Wir leben in zwei verschiedenen Welten." Als Nils das las, wurde er sehr traurig. Glaubte Laura wirklich, dass ihre verschiedenen Sprachen ein derart unüberwindbares Hindernis waren?

Die Tür wurde aufgerissen und zwei Freundinnen von Laura stürmten herein. Sofort fingen sie an, sich fröhlich miteinander zu unterhalten – in Gebärdensprache. Nils stand ein wenig ratlos daneben.

„Ich kann euch was zu trinken holen", bot er jetzt an. Aber die drei beachteten ihn gar nicht und unterhielten sich fröhlich weiter. Sie hatten ihn ja gar nicht gehört. Nils schlich aus der Tür. Er hatte gerade eine Ahnung von den Hürden bekommen, die Hörende und Gehörlose trennten.

Aufgeregt zogen Lauras taubstumme Freundinnen Dr. Falkenberg an Lauras Bett. Das Laken war voller Blut und Laura atmete flach und stoßweise. Es war keine Zeit zu verlieren.

„Sind die Blutkonserven B negativ vorbereitet?", fragte Dr. Falkenberg Daniela. Ihr fuhr der Schreck in die Glieder. „Der Kurier ist immer noch nicht eingetroffen." Sofort lief sie zur Rezeption und wählte mit fliegenden Händen die Handynummer des Kuriers. Doch so oft sie es auch versuchte, es hob niemand ab.

Im OP wurde unterdessen hektisch Lauras Operation vorbereitet. Auf dem Monitor des Ultraschallgeräts sahen Nils und Dr. Falkenberg, dass eingetreten war, was Dr. Kühn befürchtet hatte: Man sah eine kleine Gestalt und ein Herzchen, das nicht mehr schlug.

Jetzt musste man schnellstmöglich mit der Ausschabung beginnen. Außerdem brauchte die Patientin dringend Blutkonserven, denn sie hatte bereits sehr viel Blut verloren. „Ich weiß nicht, ob das Blut schon da ist", wandte Dr. Falkenberg sich an Ulrike Kühn. Zornig fuhr sie herum. „Soll mir die Mutter jetzt auch noch sterben? Wenn ich nicht in kürzester Zeit das Blut habe, kann ich für nichts garantieren!"

Ohne ein weiteres Wort zu verlieren, rannte Nils los. Laura durfte nicht sterben!

An der Rezeption traf er auf Daniela, die immer noch verzweifelt dem Kurier hinterhertelefonierte. Endlich ging jemand ans Handy. „Unfall..." röchelte eine Stimme. „Kreisstraße sechsundzwanzig... 15 Kilometer bis Hamburg."

Michaela ließ entsetzt den Hörer sinken. Wenn sie jetzt einen neuen Kurier bestellte, dauerte es eine ganze Stunde, bis er da war, und bis dahin war die Patientin tot. Nils nahm Michaela den Zettel aus der Hand, auf dem sie alles mitnotiert hatte. „Der Kurier?", fragte er. „Verunglückt", nickte Michaela.

Nils wurde bleich. Fünfzehn Kilometer im Berufsverkehr stadtauswärts! Da wäre man hin und zurück eine gute Stunde unterwegs! So viel Zeit hatte Laura nicht mehr! Es gab nur eine Möglichkeit: Kais Motorrad.

Nils entdeckte Kai mit Kathrin im Stationszimmer. „Denken Sie an heute Abend?", fragte Kathrin gerade mit einem langen Augenaufschlag. „Sie haben mir versprochen, mich auf dem Motorrad mitzunehmen. Ich habe mir auch schon einen zweiten Helm besorgt."

„Ich brauche das Motorrad", unterbrach Nils atemlos. In kurzen Worten erzählte er, was los war. Sofort rannte Kai mit ihm ins Arztzimmer und übergab ihm Schlüssel, Helm und Lederjacke.

Zwei Minuten später saß Nils auf der Superblackbird und schlängelte sich, gegen alle Verkehrsregeln, durch den dichten Stadtverkehr. Endlich war er auf der Landstraße und konnte richtig Gas geben. Mit zweihundert Sachen brauste er durch die Landschaft. Normalerweise hätte er es genossen, doch jetzt waren alle seine Gedanken bei Laura, die bewusstlos im OP lag.

An der Unfallstelle lag ein Transporter halb im Graben. Nils sprang vom Motorrad und riss die Fahrertür auf. „Etwas gebrochen?" „Herzanfall", stöhnte der Mann. „Dann bin ich von der Straße abgekommen." Aus der Ferne ertönte jetzt das Martinshorn eines Rettungswagens.

Nils atmete auf. Auf Daniela war Verlass! Sie hatte sofort, nachdem er losgefahren war, ein benachbartes Landkrankenhaus verständigt. Die Kollegen würden sich um den Verunglückten kümmern, denn Nils' Zeit drängte.

Auf dem Rücksitz des Wagens entdeckte er die Kiste mit den Blutkonserven. Eilig packte er die Kiste aufs Motorrad und warf die Maschine wieder an.

Zwölf Minuten später rannte Nils in voller Motorrad-kluft, den Helm auf dem Kopf, an Schwester Daniela vorbei Richtung OP.

Daniela blieb die Spucke weg. Es war fast nicht mög-lich, dass Nils schon wieder zurück war. Er musste total halsbrecherisch gefahren sein! „Klasse, Nils!", rief sie ihm hinterher. Doch Nils hörte sie nicht mehr, denn er war schon in der OP-Schleuse verschwunden.

Atemlos klopfte er an die Scheibe zum OP. Ihm saß die Angst im Nacken. Jetzt würde sich herausstellen, ob für Laura alles zu spät war.

Dr. Kühn, die sich gerade über Laura beugte, sah auf. Dann flog ein Lächeln über ihr Gesicht. Anerkennend hob sie den Daumen. Während eine OP-Schwester jetzt die Blutkonserven in Empfang nahm, stand Nils immer noch wie betäubt vor der Scheibe und beobachtete, wie im OP hektische Betriebsamkeit ausbrach. Er presste die Fäuste zusammen und schickte ein Stoßgebet zum Himmel. Jetzt kam alles darauf an, dass die Tumoren nicht bösartig waren!

Nils saß im Schwesternzimmer und knetete unruhig seine Hände. Die anderen waren längst alle nach Haus gegangen. Auch Oberschwester Irene und Erik hatte man aus der Quarantäne befreit, nachdem das Labor gemeldet hatte, dass der Patient nicht die Cholera hatte.

Doch Nils konnte einfach nicht nach Haus gehen, ehe Lauras Laborergebnisse vorlagen. Wenn die Tumoren bösartig waren, dann musste man weiter um Lauras Leben bangen.

Dr. Falkenberg kam herein und klopfte Nils auf die Schulter. „Sie müssen wie der Teufel gerast sein." Falkenberg war selbst Motorradfahrer und wusste, dass Nils' Zwölfminutensprint im Hamburger Berufsverkehr einfach jenseits von Gut und Böse war.

Doch Nils interessierte im Augenblick nur Laura. „Die Tumoren sind gutartig", nickte Falkenberg ihm zu. Nils sank ins Sofa zurück und schlug die Hände vors Gesicht. Endlich konnte er aufatmen!

„Im Augenblick ist Dr. Kühn bei Laura. Sie muss ihr beibringen, dass sie ihr Baby verloren hat", fügte Dr. Falkenberg hinzu. „Hoffentlich verkraftet sie es!" Nils sprang auf. Er wollte jetzt nur noch eins: bei Laura sein.

Laura wirkte ziemlich gefasst, als Nils aufs Zimmer kam. Sofort wollte er ihr in seiner gebrochenen Gebärdensprache sagen, wie froh er war, dass es ihr gut ging. Doch er war so aufgeregt, dass er sich in seinen eigenen Armen verheddert. Laura lächelte ihn an und fuhr ihm sanft über die Wange.

Dann zeigte sie Nils einen großen Zettel, den sie vorbereitet hatte: „Dr. Kühn hat mir erzählt, dass du mir das

Leben gerettet hast. Vielen Dank, Nils. Ich mag dich sehr gerne." Sie fasste seine Hände und hielt sie fest in ihren.

Nils fühlte die Tränen aufsteigen, die er die ganze Zeit so erfolgreich zurückgedrängt hatte. Er schniefte und sah sie glücklich an. Laura würde leben!

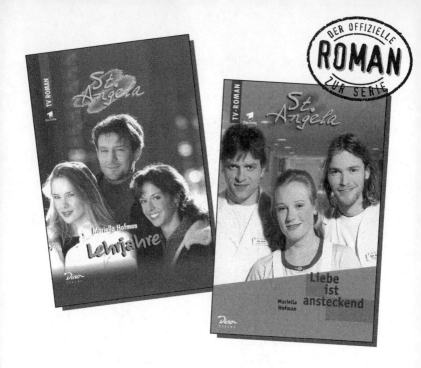

Die vier Krankenpflegeschüler Nils, Isabelle, Erik und Michaela sollen sich auf ihre Ausbildung konzentrieren, meinen kopfschüttelnd die Ärzte. Schließlich sind Lehrjahre keine Herrenjahre! Die haben gut reden! Was wissen die schon über die Probleme der jungen Azubis? - Nils liebt Isabelle, Isabelle trauert ihrem Ex-Freund nach, und Michaela verdreht einem Patienten den Kopf. Als dann auch noch Erik sich einmischt, ist das Chaos perfekt. Liebe ist nun mal ansteckend... Band 2

 - Lehrjahre, Bd. 1

 - Liebe ist ansteckend, Bd. 2

Die Romane zur beliebten Serie im Ersten

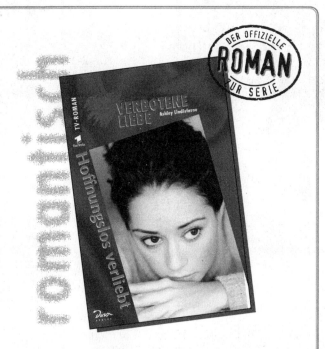

Milli ist hoffnungslos verliebt, in Nick, den Freund ihrer Schwester Steffi. Auch Nick mag Milli, und eines Tages kommen sich die beiden gefährlich nahe. Doch Nick entscheidet sich für Steffi. Wirklich endgültig?

Der Roman zur beliebten Serie im Ersten

Die Zivilisation kann so unzivilisiert sein, findet Cher. Da taucht auf einmal ein neues Girl in der Stadt auf: Mariah! Sie ist reicher als Cher, trägt teurere Klamotten, und es gelingt ihr doch glatt, innerhalb von drei Tagen populärer zu sein als Cher. Ist Cher etwa eifersüchtig? Ach was! Mariah weiß es vielleicht noch nicht, aber sie bedarf dringend Hilfe. Oder genauer: Sie braucht Cher!   Band 2

Clueless - Boys, Trends, Tratsch & weitere Themen, Bd. 1

Clueless - Freundin oder Feindin?, Bd. 2

Die Romane zur schrillen ProSieben-Serie

1 ARD
Das Erste

Die besten

Herzblatt

Flirt &
Funstorys

Dino
VERLAG

Birgit Lörler
(Hrsg.)

... und hier ist Ihr „Herzblatt"- Schmöker!
Na, liebe Leser/innen, welche wird denn nun Ihre Lieblingsge-
schichte sein? Zugegeben, die Wahl dürfte nicht leicht fallen.
Doch für welche der zehn Flirt & Funstorys Sie sich auch ent-
scheiden, eines haben sie gemeinsam: Sie sind prickelnd, amüsant
und funny. Und handeln alle vom schönsten Thema der Welt:
der Liebe.

Das Buch zur Flirtshow mit den höchsten Einschaltquoten!

Band 1: „Ciao Paolo!" Die erste Reise ohne Eltern wird für Julia und Stefanie zu einem unvergesslichen Rom-Trip: Fun und Action mit einer Clique junger Römer, die sie in die Insider-Geheimnisse ihrer Stadt einweihen. Mit dabei ist auch Paolo, der Julia die Sterne zeigt...

Band 2: „I'll miss you!"

Annas erster Solo-Kurztrip geht nach London zu ihrer Freundin Sarah. Sie kennt die ausgeflipptesten Plätze, Pubs, Discos und Leute aus der Londoner Szene. Und Ed, der Annas Herz höher schlagen lässt.

Beide Bände mit Cityguide und Gewinnspiel !

Lovestory **LoveTrips**

Bücher für die Sinne

Band 1: „Hab Mut zur Liebe" Nadia bekommt den TV-Alltag der Daily Soap „Love&More" hautnah mit: die Schauspieler in ihren Rollen und privat, die Liebesgeschichten und Intrigen vor und hinter der Kamera. Ihre eigene Soap erlebt Nadia, als sie Steff, den begehrten Hauptdarsteller kennen lernt.

Band 2: „Rollentausch fürs Glück" Unter Einsatz all ihrer Verführungskünste versucht Luisa eine Rolle in „Love&More" zu bekommen. Auch Kameramann Boris wird ihr „Opfer". Doch als er sich ernsthaft in sie verliebt, steht sie vor der Entscheidung: Karriere oder Liebe?

Hab Mut zur Liebe

Gaby Schuster

Ein turbulenter Soap-Roman mit jeder Menge „Ausrutschern" in Sachen Liebe, Lust und Leidenschaft

Love&More *Soaproman*